U0101149

白貘夜行

孙频 ▶ 著

江苏凤凰文艺出版社
JIANGSU PHOENIX LITERATURE AND
ART PUBLISHING

图书在版编目(CIP)数据

白貘夜行 / 孙频著. —南京：江苏凤凰文艺出版
社，2024.2

ISBN 978-7-5594-7795-8

Ⅰ.①白… Ⅱ.①孙… Ⅲ.①中篇小说-中国-当代
Ⅳ.①I247.5

中国国家版本馆 CIP 数据核字(2023)第 250045 号

白貘夜行

孙频　著

出 版 人　张在健
责任编辑　胡　泊　李　黎　孙建兵
特约编辑　王　怡
责任印制　杨　丹
出版发行　江苏凤凰文艺出版社
　　　　　南京市中央路 165 号，邮编：210009
网　　址　http://www.jswenyi.com
印　　刷　苏州市越洋印刷有限公司
开　　本　787 毫米×1092 毫米　1/32
印　　张　3.875
字　　数　43 千字
版　　次　2024 年 2 月第 1 版
印　　次　2024 年 2 月第 1 次印刷
书　　号　ISBN 978-7-5594-7795-8
定　　价　42.00 元

江苏凤凰文艺版图书凡印刷、装订错误，可向出版社调换，联系电话 025-83280257

传说中，貘是一种很特别的兽，它会吃梦。

一

　　天快黑的时候，西北风从深山里钻出来，到处乱窜，枯叶纷飞，整个小煤城瞬间变成一叶扁舟，浮游于海上。小煤城本来就以黑立身，所以每次天一黑，我就觉得小煤城又从这世界上隐身了，完全是黑人走夜路的感觉，最多剩下两只眼白和一副牙齿。

　　就在此时，梁爱华给我打来个电话，老姚，过来喝一盅？一般情况下都只能是她给我打电话，而不可能是我给她打电话。原因很简单，因为她没事就关机，给她打电话的时候，永远是一堵硬邦邦的墙耸立在手机里，您拨打的电话已关机。我立刻被弹回来。我问过她，你又不是日理万机的领导，老关机干吗？她的理由很堂皇，如果不关机，我就老是竖着耳朵等别人的电话或信息，就是电话不响，我也要拿出来不停地检查，看有没有漏掉电话。但平时又没什么人给我打电话，有时候眼巴巴等一天都等不到一个电话，好不容易等到一个，一看，是保险公司打来推销保险的。还不如干脆关机，索性让自己连个想头都没有。

我刚在惨白的台灯下批改完一大摞作业本，机械重复的动作让我有种身负内伤的感觉，我对着电话呻吟道，你那儿有什么下酒菜？要我带点过去吗？她说，你赶紧过来，有花生米，卤鸡爪，五香豆腐皮，有油麻花，还有雪花梨，一个一斤多重，管够。我说，你怎么还囤着你那巨梨？你上次送我的，一个梨我啃了整整三天，简直像个大冬瓜，怎么吃都吃不完。

这几年里，梁爱华的酒瘾和年龄成正比，年龄成了一件大号容器，可以随意放置不少陈年的东西，包括酒瘾。她早晨起床后的第一件事，就是抱起酒瓶子咕咚咕咚猛灌几口，半瓶酒下去才算真正清醒过来，总算是起床了。上课的时候，她的保温杯里装的是酒，一边讲课一边抄起保温杯喝两口，喝完问学生，刚才讲到哪了？参加教师培训的时候，她和老师们坐在下面，面前每人摆着一杯水，只有她的杯子里是酒。为了遮人耳目，她在酒里撒了些茶叶，然后正襟危坐，端起杯子小心翼翼地吹气，开水总要有热气的嘛。开会过程中，她旁边一个好事的老师大概已憋了半天，实在憋不住了，在耳边悄悄问了她一句，你喜欢用凉水泡茶？怎么茶叶全漂在上面？

我对酒的态度一直比较复杂，当年上师专的时候，宿舍里的一个东北姑娘喜欢喝酒，有一天晚上，皓月当空，她拎着两瓶二锅头一袋花生米，拉着我一起到楼顶上喝酒赏月。我们两个坐在高高的楼顶上，一边看着月亮一边喝着二锅头，她往嘴里扔了一粒花生米，慢慢嚼着说，这几天看什么小说了？月亮极大，就挂在我们头顶，似乎只要我们站起身来，就能一步跨进去。冰凉的月光金碧辉煌，淹没一切，在月光下，我们的眼睛和手里的酒瓶都闪着金光。我有了一点微醺的感觉，便起身走到栏杆边向下看，夜色如海，微风拂面，整个人有一种马上就要飞起来的感觉。我大声说，你毕业后想当老师吗？我不想当。身后半天没有回应，静悄悄一片，我扭头一看，刚才还坐在椅子上的人忽然不见了。忙跑过去寻找，却发现她已经醉倒，滑到椅子底下睡着了。

那时候偶尔喝点酒，其实不是喝给自己的，是喝给别人看的，带着舞台上表演的性质，和穿高跟鞋穿短裙其实是一回事，就希望走过去的时候能听到身后有一片窃窃私语的声音，那女生能喝酒啊，好牛逼啊，真有个性啊。嗡嗡的声音如一条毛茸茸的绚烂尾巴甩来甩去，不无得意。后来师专毕业后还真当了初中老师，成天觉得不得志，郁闷之下想起了借酒消愁的古训，便时不时拎两瓶啤酒回宿舍，一只手一瓶，像戏台上拎着两只铜锤的花脸。也是带着做戏的成分。偶尔真喝多了，便借酒撒撒疯，或胡言乱语一番或抱住某个人哭一番，哭诉自己为何就真的当了个初中老师。如果身边实在没有人，抱住根柱子也能哭一番。哭过之后的第二天，只要远远看见昨天抱住的那个人，像遇到鬼一样，扭头便跑，生怕被认出来。万一不小心还是迎面撞上了，便整理一下衣襟，咳嗽两声，慢慢踱过去，假装不认识。

那时候其实从未觉得酒好喝过，相反，甚至觉得喝酒如上刑。真正品出了喝酒的滋味是在四十岁之后。四十岁之后，我偷偷培养出了一个习惯，每天晚上备完课做完家务，等女儿和丈夫都上床睡觉之后，我便给自己倒一盅酒，摆一小碟花生米或自己腌的酸黄瓜，坐在窗前慢慢自斟自饮。我家在三楼，窗外有棵巨大的泡桐树，春天的时候，一树泡桐花风鬟雾鬓，花香充满攻击性，熏得人睁不开眼睛。夏天的晚上，风摇影动，沙沙作响，黑色的树影如皮影戏般投在纱窗上。秋天，我坐在窗前看着落叶乘坐着月光，旋转着飘落。冬天，光秃秃的树干上赫然露出了一个巨大的鸟窝，两只黑白相间的大喜鹊在鸟窝里相依为命，时常隔着玻璃挑衅地看着我。看到外面漫天大雪，我真有心给那对喜鹊送床花棉被。深夜里呆坐在窗前，听着北风呼啸或雨打桐花，竟慢慢喜欢上了这喝酒的滋味。有时喝到半醉半醒，独倚窗前，前尘如梦，一时竟不知道自己到底活了多久，也不知道自己究竟身在何处。辽阔所带来的纯净和悲怆包裹着我，使我久久躲在那微醺里不愿离去。

小煤城就在两座山的夹缝里，汾河穿城而过，这里最早只有几座小煤矿和一个小村庄，据说那个叫花口的村庄早年就漂在煤层上面，无论是谁家，从自家屋里往下挖，不到一米，黑色的煤炭就喷泉般涌了出来。农民们用大块的煤炭盖厕所，垒猪圈，那时候没人知道煤炭是能卖钱的。后来才有了煤矿，小煤城是被煤矿孕育出来的，自带黑色基因，终年灰头土脸，谁要敢穿着白鞋出去溜一圈，那真要被视为英雄。更早的时候，街上行人的脸都是黑色的，只露着两块白色的眼角，谁要是张口一笑，一嘴雪白的牙齿绚烂至极，一里地之外就能看到。这几年大力提倡绿化，煤尘多少被镇压住了一部分，但还是没人敢穿白鞋上街。敢穿白鞋的还是英雄。

我沿着汾河往前走，抽屉般大小的小煤城，我只需步行一刻钟，便可到达梁爱华家的楼下。

西北风使劲推着我，枯叶在脚下前呼后拥，嘎吱作响，一弯冷月浸在黑色的河水里，诡异安详，像从河水深处生长出来的植物。我裹了裹身上的粉色大衣，今年流行粉色，刚刚入秋，学校里的女老师们便人手一件粉色大衣，脸下方的部分都一模一样，好似在同样的瓶子里插了不同的花。我也不敢落单，赶紧买了一件披挂上，在这种小地方，隐匿于人群是最安全的。所以，一旦流行什么新发型，我就赶紧跑出去跟着烫个头。一度流行空气烫，学校里的女老师们一人顶着一头卷发，在操场上监督学生做课间操。阳光照下来的时候，状如一排威严的狮子。

梁爱华住的是老式板楼，一共六层，她住在顶层。楼下点着一盏孤零零的路灯，一抔昏黄的灯光里，落叶旋转着，向上向下飞扬，如装在一只玻璃瓶里的飞虫。我站在灯下，有些看呆。近几年里，我尤其喜欢这些幽暗自在的小角落，好像这些地方可以让我繁殖出些许别人看不到的生机。终于爬上六楼，气喘吁吁地敲门，门开了，梁爱华魁梧的身影耸立在我面前，把我整个人都罩了进去。

梁爱华身高足有一米七五，像个篮球运动员，年轻的时候还偏喜欢穿高跟鞋，使整个人看起来像巨人一般，总是摇摇欲坠。有一段时间她留着及腰的黑色长发，长发长腿，还在额上绑了条黑色绷带，更显杀气腾腾。梁爱华一直没有结婚，四十岁以后就彻底断了结婚的念头，现在她最担忧的问题已不是有没有人可以和她结婚，而是她死了以后谁来帮她收尸的问题。偶尔去我家做客的时候，她四仰八叉地躺在我的床上，脚都放不下，还得搁在床外面，更加像个女巨人。女巨人很忧虑地问我，老姚你说我会不会死了一个月才被人发现？你说我死了谁会埋我啊，我无儿无女的，是不是将来要暴尸街头了？

我慷慨地拍着她的肩膀说，我不是还有个女儿嘛，我女儿就是你女儿，放宽心，到时候借给你用。

她的宽肩膀耷拉下来，有些犹疑地说，那毕竟是你的女儿，又不是我的，要不让她认我做个干妈？我给干闺女买身衣服，再买双鞋。

我不无得意地又拍了拍那只肩膀，说，人都死了还能知道什么，就是把你火化了你也不知道疼。

女巨人竭力反抗着，那也不能让自己暴尸街头吧，还是不太体面。

我再次给她打包票，放心，肯定有人埋你。

进她屋里一看，曲小红也来了。和二十年前一模一样，仍然涂着两只黑色的大眼影。她本是细长眼睛，单眼皮，但浓重的眼影一涂，眼睛忽然就变得极大极黑，灯泡似的，整张脸上就只看到两只大眼睛。她长着尖下巴薄嘴唇，总是涂着口红，睡觉时候也不放过，咧嘴笑的时候会露出一嘴细密的小白牙，两只虎牙尖尖的，像猫科动物。

平日里我很少能见到她的真身，都是在微信里看着她的头像和动态。她把我拉进了一个群，群名叫"一路芳华"，她是群主，终日在群里吆喝着卖保健品。她在群里贴出自己的各种写真照，穿着少数民族风格的服装，涂着眼影，戴着扇子一样的假睫毛。每张照片里都以各种姿态捧着保健品，即使正斜卧在榻上看《红楼梦》的时候，旁边也摆着一盒保健品。然后每天早晨必发一段人生感言，如"我觉得，生活就是心怀最大的善意在荆棘中穿行，即使被刺穿，亦不改初衷"。

有段时间，群里比较沉寂，没人响应她的号召买保健品，她先是漫不经心地发了一组风景照，从大理到九寨沟到赛里木湖，好像她正在群里悠闲自在地散步。过了一会儿，她慢慢探出头来观察着四周，在群里款款扔了一句话，我有故事，亦有良药，请莫辜负上天对我们的赐予。群里静悄悄的，没有一个人出来响应。沉默了片刻，她显然有些急躁起来，把同样的话又在群里发了一遍，我有故事，亦有良药，请莫辜负上天对我们的赐予。群里还是鸦雀无声，好像人全都跑光了，只留下一座阴森森的废墟，她正独自守着这废墟。我有些于心不忍，想从群里退出来，转念一想，平日里我都是潜伏的状态，可能她已经忘记了我也藏在群里，如今一退群，现出真身，她保准心里大惊，怎么这人也藏在群里。我只好继续蛰伏在角落里，假装什么都没看到没听到。

群里继续荒芜着，寸草不生，连脚步声都听不到一星半点。忽然之间，她第三次跳了出来，带着点愤怒，带着点哀求，把说过两次的话又原封不动重复了一遍，我有故事，亦有良药，请莫辜负上天对我们的赐予。

我忍无可忍，终于还是冒着暴露的风险从那个群里退了出来，脚步踉跄，几欲摔倒。

此时她的真身就坐在我面前，像一个卸了妆的演员忽然从后台走了出来，连脸上的毛孔都看得一清二楚，我心中难免有些惶恐。她坐在那里并没有说话，只是对我款款一笑，露出了两排细碎的小白牙。算是打过招呼了。她一只手里捏着一只鸡爪，另一只手慢慢掰下鸡的脚指头，把那指头喂进自己嘴里。她十个手指头上都涂着珠光色的指甲油，小拇指高高翘起。我一时看呆，她和二十年前竟没有任何区别。

梁爱华拖着一条油腻腻的辫子，穿着一件男式的方格子棉衬衫，把我推到桌前坐下。这几年里，她的性别看起来正在渐渐消失，但奇怪的是，她的性别越是模糊，越是没有了女人的花枝招展，我和她在一起的时候越是有一种稳妥感。所以最近几年，我和她反而愈走愈近，直至我允诺让我女儿将来帮她收尸，倒也并非一张空头支票，好歹算是个江湖承诺。

我们三人围着一张方桌坐下，青白色的灯光扣下来，像一只玻璃瓶，把我们静静罩入其中。窗外寒风呼啸，使劲推搡着窗框，想要挤进来，我们相对而坐，如地球毁灭之后仅剩的三个幸存者，不禁有相对如梦寐之感。梁爱华给三只杯子里都满上酒，我们碰了碰杯，都一口喝尽。我说，今天是什么日子？梁爱华龇着牙，用手指头抹了抹嘴角溢出来的酒，叹了一句，难得能聚齐，咱们四个就差个康西琳了。

二十年前，我、梁爱华、曲小红还有康西琳曾同住在一间大宿舍里。那时候我们刚刚从不同的师专毕业，都是那种藏在犄角旮旯里的小师专，有时候一个县城里都蛰伏着一座师专，庞然大物似的蹲在县城边上。我们赶上了国家最后一批大学生包分配，咣当咣当乘着末班车来到世界的尽头，被分到了这小煤城的同一所初中当老师。学校慷慨地为我们新来的老师提供了宿舍，就在办公楼的顶层。顶层有几间小宿舍，还有一间巨大的教室。几间小宿舍已经被人或杂物占满，于是我们四个女老师便分到了那间巨大的教室。

那间教室的前后都有黑板，后黑板上还有粉笔板报，写着"欢度国庆"四个大字，还用红粉笔画了两只灯笼。前面还有讲台，搞得我们睡觉的时候也觉得像在上课。因为这教室里没有课桌椅，看起来十分辽阔，又有一种被洗劫之后的破败感。学校已经在这间教室里为我们安置了四张单人床，四套桌椅，桌椅是教室里淘汰下来的旧桌椅，我那张桌子上还用小刀刻着一行字"打倒王兴兴死了好"。我们分到宿舍的第一件事就是集体上街，一人买了几米花布扛回来，搭起帐篷，把自己的床和桌椅统统包了进去。四顶帐篷搭起来之后，像蒙古包一样错落其中，但整间教室看起来仍然辽阔有余，聊个天需要举着喇叭，从前黑板迁徙到后黑板简直都需要骑辆自行车。

我们的邻居，左边是一对年轻教师，刚生了孩子，孩子的奶奶过来帮着带。那间宿舍我进去过几次，一张双人床就几乎挤满了整个房间，晚上，一家四口全都挤在这张床上，一日三顿饭也都在这床上吃。晚上我每次溜达过去串门的时候，都看到那女老师正坐在一张小板凳上，挥舞着菜刀砍玉蔓菁，地上滚落的全是人头大小的玉蔓菁，她砍得十分娴熟专注，像砍人头一样过瘾，几下就把皮砍光了。再把光溜溜的玉蔓菁一个个码在坛子里，撒上盐，她这是在腌咸菜。床底下全是咸菜坛子，像阿里巴巴发现的神秘山洞。我奇怪的是，三个大人，一个小孩，怎么需要这么多咸菜，简直够吃好几年的了。

我问过康西琳这个问题，她想了想，说，可能腌咸菜也算个爱好吧。

右边是一个年轻的男老师，教美术的，宿舍里摆着各种画素描用的石膏像，大卫、伏尔泰、阿波罗、维纳斯、马赛，全都熙熙攘攘地挤在他的小宿舍里。晚上趁着月光往里一瞅，只见宿舍里站满了高冷的西方人，高鼻深目，一动不动。住在这屋里倒也不寂寞。

但是我从没有见过他画画，每次见到他的时候，只见他不是躺在床上看书就是站在楼道里做饭。

学校里没有食堂，学校附近也没有小饭店，我们只能自己做饭。我们人手一个汽油炉，到了做饭时间，就集体把汽油炉拎到楼道里，因为在屋里会把人熏死。先是用气筒给炉子打气，打了一会儿气，炉子气鼓鼓地立在那里，火箭一样蓄势待发。然后点亮打火机，凑近，炉子轰的一声就着了，蓝色的火苗忽然就蹿得极高，昂着头，眼镜蛇似的吐着信子，带着邪恶之气。我每次用那汽油炉的时候都生怕它会爆炸，做饭的时候，我像兔子一样警惕地盯着它，随时准备转身逃走，如同守着一枚炮仗，内心充满恐惧。每次我们用气筒打气的时候，楼道里的声控灯就跟着我们的节奏一明一灭，我们的脸也跟着在黑暗中一沉一浮。待到炉子上的锅咕咚咕咚煮出香味的时候，楼道再次滑入黑暗中，恹恹睡着了，只有几簇蓝色的火苗静静跳跃着舔着锅底。

为了让楼道时不时能亮起来，我们学会了跺脚、尖叫、打响指等热热闹闹的方式，好迫使灯光醒来。那灯光睡眼惺忪地呆看着我们，醒来片刻之后又悄悄睡过去了。所以，即使躺在宿舍的蒙古包里，也时不时会听到楼道里传来的尖叫声、跺脚声、响指声，好像楼道里挤满了南来北往的人。

二

　　那时候正是小煤矿的鼎盛时期，不管什么人，在山上随便挖个洞，挖着挖着挖出煤来了，就摇身变成了煤老板。还有的人就在自家床底下挖，挖着挖着，煤就流出来了，于是躺着也躺成了煤老板。煤老板们最喜欢开悍马和路虎，在小煤城那两条腊肠宽的街道上，经常看到坦克队似的悍马一辆接一辆飙了过去。煤老板们还喜欢买楼房，并喜欢用现金买。一个煤老板正在门口晒太阳，看见邻居要出门，便随口搭讪，这是要出门买东西去？邻居说，可不，去省城买点楼房。煤老板用牙签剔了剔牙，说，出去买楼房啊，那给我也捎两三套吧，捎上个两层也行，实在不行就一栋，反正和买大白菜也差不了多少。于是邻居的煤老板用加长大卡车拉着一车人民币，浩浩荡荡去省城买楼房去了。煤老板的大老婆二老婆三老婆若是去省城购物，那就如同蝗灾，她们会把商场里的东西全部扫光，席卷而去。

　　小煤城的街道上终年落满了厚厚的煤灰，路边的树叶上也全是煤灰，根本看不出叶子原来是绿色的，这里几乎看不到绿色的植物。穿城而过的汾河水也是黑色的，像从幽冥之地流出来的。白天走在街上的时候，经常会看到缺胳膊少腿的人正一边在街上晃荡一边晒太阳，这些人大多是受过工伤的矿工。受伤之后不能再下井了，矿上养着他们，他们没事可干，就一天到晚拖着一条腿一条胳膊乱晃，到处撩猫逗狗，或者用剩下的一只眼睛死死盯住你看半天，直把你看得毛骨悚然。卖牛杂碎的，卖豆腐的，打香油的，都骑着二八自行车在人群里乱钻，一边钻一边吆喝，割豆腐喽。声音悠长洪亮，五里地之内都能听得见。他们自行车的后面绑着一只木盒子，装着杂碎或豆腐，上面盖着一块白笼布，豆腐在下面一颤一颤，好像还是活的。

离学校最近的一家小面馆是一个白头发老太太开的，这老太太颇有狐仙的气质，把自己的家住得像个洞穴。一栋很旧的单元楼，她家住在一层，图方便，面馆就开在自己家里。但临街的是窗户，不是门，她就想了个办法，在自家窗户下面架了个矮矮的木梯。客人去吃饭的时候，需先爬上梯子，再从窗户里钻进去，然后坐在油腻腻的小木桌前从容地吃碗面。桌上常年摆着腊八蒜和大葱，面汤管够，上不封顶。

晚上若走在街上，就会看到三三两两喝

醉酒的矿工们，互相搀扶着，一边骂娘一边吹着啤酒瓶子。在漆黑的矿井下待一天，浑身冻得像冰块，血液都冻住不流了，所以矿工们下完井一定要先做两件事，泡热水澡和喝酒，都是为了让身体能暖过来。若是在路灯下和他们打个照面，保准吓一跳，牙齿和眼白实在太白了，简直不像人类的牙齿和眼白，像宝石一样，在黑暗中闪闪发光。

我们四个年轻女老师在一起聊得最多的话题就是，怎么能离开这个鬼地方，然后跑得无影无踪，永不再回来。晚上，吃完晚饭后，我们一般都躲在自己的蒙古包里，各做各的事情，备课、看书、写信，偶尔串个门。无论我什么时候去曲小红的蒙古包里串门，她都在里面给自己做好吃的。她的这顶蒙古包简直像个魔盒，不时会变出一些美味的食物。她仍然穿着白天上课穿的套裙，一丝不苟，只在腰上戴了个小围裙，涂着眼影，抹着口红，正坐在桌前给自己包南瓜饺子。我蹭过去围观，说，南瓜也能包饺子？她头也不抬地说，我自己发明的，保准好吃。我无聊地立在旁边，也插不上手，连着看她包了几个饺子，忍不住说，还是你的生活质量最高。她手里托着一个元宝似的饺子，不屑地说，在这种鬼地方待着，还不给自己弄点好吃好喝的？钱是王八蛋，有了就要花。

她说的倒是实话，当时我们每个月的工资不过几百块钱，每次刚从会计那里领到工资，我们还没来得及想好这个月的工资怎么用呢，她已经用一大半的工资买了一件大衣回来，或是用二分之一的工资文了两条眉毛回来。若是哪个下午没见到她，我就敢保证，等她晚上回来的时候，一定会顶着一头全新的发型。

饺子包好了，她穿着套裙和高跟鞋，拎起气筒去给汽油炉打气了。我又晃荡到梁爱华的蒙古包里，每次我一挑起她的帘子，看到她不是在吃零食就是在写信，或是边吃零食边写信。她虽然看起来像个女巨人，却神奇地保留着很多小女孩的习惯，比如不停地吃零食，再比如，总是给她师专的老师写信。她说那个老师是她的男朋友，她几乎一个星期给他写一封信，只要她走出校门，我就知道，她一定是去邮局寄信去了。但是我从未见她那师专老师给她来过一封信，尽管如此，她还是长年累月，一封接一封地给他写信，在信中详细向他汇报她每一天做了什么吃了什么，和哪个学生又怄气了，和哪个室友去逛街了。有一次我坐在她床上看着她写信，忍不住狐疑地说了一句，你确定他能看到这些信？她扔下钢笔，一边把信折叠成松树形状，一边瞥了我一眼，你什么意思？信还能寄不到？

我犹豫了一下，说，你确定他会把这些信拆开？她的手抖了一下，但很快还是把松树叠好了，她使劲拍了拍这封信，对它说，可能用不了多久我就要调走了，他把我一调过去，我就和他结婚，谁在这种鬼地方找对象，白人都能变成黑人。

若是游弋到康西琳的蒙古包里，她不是在学英语就是躺在床上看小说。她喜欢看小说，我也喜欢看小说，我们经常互通有无，互相交流最近看了什么书。至于学英语这件事，我也问过她，你一个语文老师成天学英语干吗？她把录音机里的英语磁带翻了个个儿，倨傲地说，考研究生啊，考研怎么能不复习英语呢？你觉得我会在这种地方一直待着吗？

我听了很是自惭形秽，我一天到晚就想着怎么能弄个本科文凭，实在是胸无大志。她读书很多，每次只要我一提起什么小说，她就说她已经看过了，我经常见她去校图书馆借书，她抱着厚厚一摞书回到宿舍，脸上有一种由内而外长出来的笑容。她还喜欢画画，居然还喜欢游泳，在那个年代，北方人很少有会游泳的。她有一个专门的速写本，我看过一次，里面画着各种人物和风景。有时候兴致好了，她还会帮着她班上的学生画画墙报。她是在南方读师专的时候学会了游泳，我们认识之后，经常听见她抱怨说这地方连个游泳池都没有。在北方的一座小煤城里谈游泳，总觉得像天方夜谭。有时候我见她在楼道里和学生谈话，一谈能谈很久，还会买一些小礼物送给成绩有进步的学生，便觉得她心里其实还是喜欢当老师的。

这天，我刚窜进她的蒙古包，就见她很兴奋地招呼我坐到床上，然后从枕头下面掏出一本书，神秘地递给我，说，这本书看过没？我一看，不是从图书馆借的，大概是从地摊上买来的盗版书，封面上印着一个时髦女作家的头像，印刷劣质，那头像居然是重影的。

我翻了几页，十分震惊，不敢再继续看下去。把书合上的时候，发现她正坐在椅子上盯着我看。我低头研究自己的手，看了半天，十个指头，一个没少。再抬起头的时候，发现她还在盯着我看，一种我从未见过的崭新目光。我张了张嘴，忽然有些紧张，我说，这种盗版畅销书，错别字真多，一行有好几个，简直没法看。她从椅子上站起来，坐到了我旁边，靠着我，用手指着那本书，轻轻说，你没听过这本书？是现在最畅销的小说。你看看书里人家大城市的女性们是怎么生活的，和我们简直不像活在一个时代里。

我默不作声，手又机械地把那本书翻了几番。这时，她伸手把那书接了过去，拍了拍封皮，又翻开书认真地看了一段，好像她也是第一次看到这本书。她忽然把脸从书里抬起来，眼睛发亮，严肃地对我说，人类的文明总是在不断往前发展的，总不会倒退，对不对？我已经感觉到了，我们国家也快了，快和西方的那些发达国家差不多了，本来嘛，你看看这都什么时代了，马上就要进入二十一世纪了，社会总会越来越进步的，我说得肯定没错，你就等着看吧。

她说话的语气和神态闪烁着一种金属的光泽，使她看起来携带着一种巨大的密度，仿佛来自别的星球。她和我一起坐在青白色的日光灯里，我却忽然有些不认识她了。我看到了她挂在床头的那张钢笔速写，她给自己画的自画像，寥寥几笔，很是神似，她说从来没有人教过她画画，她是无师自通。不知为什么，无师自通几个字曾经让我心里暗暗咯噔了一声。

隔壁的美术老师知道康西琳会画画之后，几次来敲我们宿舍的门，来给康西琳送各种画册。康西琳每次都躲在自己的蒙古包里，指使我们其他人去开门，并谎称她出去了，不在宿舍里。美术老师退走之后，她从蒙古包里钻出来，一边活动筋骨一边厌烦地说，三番五次敲人家的门，你们说这人想干吗？

你们见过他的画没有，真是一点灵气都没有，规规矩矩的，哪里像个画家，倒像个数学老师。

没有人搭话，我们三个都各自钻进了自己的蒙古包，大教室里静悄悄的，八根灯棍同时在头顶亮着，但还是有很多角落浸泡在阴影里，似荒草离离。夜晚的大教室看上去像个诡异的剧场，灯光惨白，却又无限纵深，前后墙上的黑板如镜子般对照，倒影在里面重叠。不管美术老师画得好不好，他毕竟人高马大，毕竟是个年轻男人，还是学美术的，但他敲门从来只找康西琳。

我们三人都躲在各自的蒙古包里默不作声。我正坐在桌前备课的时候，门帘一挑，进来一个人，我一看，是康西琳。她坐在床沿上，凑过身子来看我备课，我下意识地躲了躲，没说话。她静静看了一会儿，鼻息落在我脸上。她忽然伸手在我肩膀上轻轻打了一下，我还是没吭声，继续备课。片刻之后，她忽然又伸手在我肩膀上打了一下，我一扭头，她正笑嘻嘻地看着我，见我看她，忙又在我胳膊上捏了一把，说，你就是骨头架子小，我真羡慕你这样的，永远都不会长胖。我心里忽然一阵厌恶，继续低头备课，眼角里恍惚看见她抓起一支笔。

胡乱备了一会儿课，心里愈加不舒服，就那个美术老师，一个从来不画画的美术老师，不是在看书就是在做好吃的。就这样一个男人。我不该这样对她，我为自己感到羞耻。正在这时，她忽然把一张钢笔速写伸到了我眼前，是她刚才画的，画中的我正伏案备课，看起来有些驼背。谈不上多喜欢，但我还是把这张钢笔速写挂在了床头。后来发现曲小红和梁爱华也各有一张的时候，我就悄悄把它撕了下来，藏在了抽屉的最里面。

但我们四个也有集体狂欢的时候。听说小煤城中心位置刚刚开业了一家商场，我们四人便一起浩浩荡荡地去逛商场。也是深秋时节，我们每人买了一件当年最时髦的呢子大衣，吊牌都不剪，直接就披挂在身上，四人并排着，一边往前走，一边大声说笑着。尤其是梁爱华，一米七五的个子挑着一件大衣，气场庞大，携风带雨，两边的行人纷纷为我们让路，走过去很远了还有人回头看着我们。

一个中学老师已经算是这小煤城里的知识分子，我们都明白这点，看着街上行人的目光，我们明白行人们也知道这点。于是我们愈发大声地说笑，动作夸张，几近于悲壮。从商场逛出来，意犹术尽，再看秋阳煦暖，便又结伴去了小煤城唯一的公园里。这个公园只有馒头大，里面种了些柳树和月季花，胡乱堆着几块假山，假山下面有一个臭水坑。月季花早已谢了，残花如干血滴，柳树的枯叶漂满水坑，像个陷阱。我们四个在假山下合了张影。

从公园出来还是不想回学校，一个人不

想回去，另外三个便都跟着不想回去，甚至唯恐别人找到了回去的理由。明明无所事事地在大街上闲逛，心里却奇怪地焦灼着，总觉得有什么事情还没做，总觉得不能就这样回去，不能这样放过自己。我们四个人像变成了一个人一般，一个臃肿巨大的胖子，踟蹰在满是煤灰的街头。

走着走着，前面的十字路口忽然出现了一座帐篷，一座真正的帐篷。大约因为我们平日里住的也是帐篷，一见不知从哪里刮过来的帐篷，竟觉得分外亲切，八条腿都朝着那帐篷飞奔过去。走近了才发现是个马戏团，有个男人正在门口收门票，而买门票的全是男人，有民工有矿工，还有在这边打工的外地人。我们四个齐齐得了人来疯一般，一定要让这个平凡的夜晚过得有意义一些。于是商量了一番，也买了四张门票，跟着男人们进去了，卖门票的男人诧异地看着我们，但什么都没说。我们进去之后，看了不到十分钟就一个接一个地从帐篷里逃出来了。原来，帐篷里的马戏是脱衣舞。

我们四个人相互搀扶着，脚步踉跄，如同刚从战场上败退下来的散兵游勇。但我们分明已经豁出去了，仍然不朝学校的方向走，反而踉踉跄跄地奔到了汾河边，好像今晚河水也欠了我们。我们依次站在河边，晚风带着深秋的寒意，从我们身体里穿过。我们的大衣膨胀起来，如四只展翅欲飞的大鸟。

黑色的河水中沉睡着一轮金黄的月亮，哗哗的流水声像飞奔的时间一样惊悚，我往河里扔了块石头，扑通一声，月亮碎成了无数瓣金黄的羽毛，整条河变成了一座金光闪闪的宫殿。直到那宫殿渐渐消殒，月亮重新沉入水底，康西琳才颓丧地说了一句，这地方是真没法待了，人都什么素质，我一定要离开这个地方。我们三人默默立在河边，想着刚才在帐篷里跳脱衣舞的女孩比我们年龄还小，都心有余悸。那女孩脸上连一丝表情都看不到，整个就是木刻的。我清楚地记得，那女孩居然穿着一双红色的袜子站在那里。那双袜子一直穿在她脚上。

康西琳考研究生没考上。每个人都想离开这里，可没有一个人走掉，到后来，也许都不敢走掉。因为我们心里其实都明白，自己不过是一个小小的师专生，连个本科学历都没有，也就在这小煤城里可以猴子称大王。而外面的世界，必定会有很多庞然大物等着我们，我们望而生畏。

转眼就到了新年，新年一过，又一年就要开始了。时间的轮回让人既恐惧又踏实。新年这天，外面下着毛茸茸的鹅毛大雪，大教室里的暖气倒是烧得很足，毕竟，这里最不缺的就是煤嘛。我一直没搞清楚这么大、这么笨重的教室原来到底是做什么用的。上课，不可能，放电影，更不可能，这么巨大的教室已经俨然像个小礼堂了，但经久不用，又像废墟一样阴森。我们集体把我们栖息的大教室装饰了一番，在前后黑板上都用彩色粉笔写上"新年快乐"，用彩色的皱纹纸把灯管都缠了起来，制造霓虹灯的效果。我用红纸剪了很多窗花，在每扇窗户上都贴了几张。红色的窗花映着窗外漫天的大雪。我们把桌子拖出各自的蒙古包，拼凑在一起，包了顿白菜猪肉饺子。啤酒是早已准备好的了，一整箱蹲在地上，挺唬人的。

窗外的雪越下越大，天地已经灰蒙蒙地连成了一体，小煤城消失了，低矮的平房消失了，煤矿消失了，时间和空间都从世界上消失了，只有我们这间大教室遗世独立，被遗忘在大雪之中。我们吃着饺子喝着啤酒，每个人都不想勒住自己，喝到最后，每个人都有了醉意。曲小红摸出一包没拆开的红塔山，撕掉塑料纸，使劲往桌子上一拍。我们每个人都拿了一根烟，叼在嘴上，用最夸张的姿势把嘴里的香烟点着，以掩饰我们第一次抽烟的笨拙。我们互相嬉笑着监督着，吸进去一大口，像几头欢乐的大象，竞相朝空中喷着烟圈。

我看到每个人都从自己的身体里脱离出来，轻盈无比，踩着自己的肉身，如踩着属于自己的那匹坐骑，四匹坐骑沉甸甸地卧在那里。康西琳喝多了，一定要朗诵一首她自己刚写的诗，她踩着椅子，又站到桌子上朗诵，我也喝多了，一句没听清楚。诗还没朗诵完，她忽然就坐在桌子上大哭起来。我像看到了上师专时候的自己，那时候我也这样哭过，我得意地对她们说，你们看，她肯定是喝多了，只有喝多的人才哭得像个傻瓜，她喝多了。

梁爱华晃荡着陡峭的身高，过去欲安慰她，却被康西琳一把抱住，结果两个人又抱在一起痛哭起来。事后我问梁爱华那天为什么要哭，她不好意思地说，没有什么理由，就是见康西琳哭了，她就也跟着哭了。我当时卷着大舌头对曲小红说，你看，这两个人都，都喝多了，都，都哭得像，傻瓜。为了过节，那天曲小红穿了一件西班牙舞女一样的大红裙子，正在空地上不停旋转，红裙子像降落伞一样渐渐张开，膨胀，变得越来越恐怖，好像瞬间就会把她带走。

但她并没有真的被降落伞带走，而是忽然就降落在了我的旁边。她跳累了，看起来也喝醉了，正嬉笑着看着我，嘴上的口红已经蹭掉大半，花豹一样露着两只尖尖的虎牙。这时候她忽然做了一个动作，她解开了穿在身上的衬衣，紧接着又用两个指头解开了里面的内衣，我吓得后退几步，酒立刻醒了一半。她站在我面前，一边展览给我看里面的内容，一边用演话剧用的腔调说，你看，你来看，我虽然很瘦，很瘦，很，苗条，但，胸却很大，你看，是不是？

三

康西琳最先有了男朋友。那时候对于我们每个人来说，如何找男朋友其实都是一种心照不宣的恐惧。因为在这座小煤城里，我们的选择范围都窄得可怜，学校的男老师，矿工，煤老板，还有少数男公务员，因为稀缺而长期稳居牛市，据说只要是个男的，哪怕长得像只陀螺，也可以每天不重样地相亲。而我们又是如此地怜惜自己，怜惜自己会写诗，会画画，会跳舞，会看小说。于是，我们不约而同地陷入同一种循环里，一边不停地发誓要离开这里，一边又每日按部就班地上课下课，批改作业。

就在这个时候，康西琳游离出我们的队伍，忽然有了男朋友。我们有一种被人背叛之后的愤怒和怅然若失，但还是装作热情地凑过去打听各种基本情况，身高多少？什么学历？什么工作？她慢条斯理又心不在焉地回答了我们的问题，显然级别已远在我们之上。此刻的她把我们其他三人衬托得如幼儿园的儿童。我发现她自从谈恋爱之后，整个人都变得温暾下来了，像裹在一团光晕里，触摸不到，连面目都模糊不清了，也不再提一定要离开小煤城的话。有时候觉得她在水里，我在岸上看着她，有时候又觉得分明是我在水里，她正在岸上笑着看我。

我一连几天没去她的蒙古包里，以作为对她的惩罚。可是，她好像已经暂时忘记了我的存在，因为她压根儿没时间想起我。她每次出门的时候，都要偷偷避开我们，是溜出去的。大约是因为又换了新衣服或是脸上化了妆，看起来过于隆重盛大了，生怕碰到熟人。她晚上要很晚才回到宿舍，她每次推开门轻手轻脚进来的时候，我就放下手里的书，从门帘的缝隙里偷偷观察着她。她果然化了妆，涂了口红，画了眼影，像另一个曲小红走了进来。因为化了妆，她的眼睛和嘴巴看起来都比平时大了一个号，从脸上呼之欲出。尽管这样，我还是能从她脸上辨别出另外一些东西，那是一种勉强按捺着的镇定，镇压着内里的火山。这种镇压又生出一种奇怪的反弹力，以至于她的脚步异常轻盈，简直不像人类在走路。她飘进自己的蒙古包，把帘子严严实实拉上了。

又过了一段时间，她开始偶尔夜不归宿。又过了一段时间，她收拾了几件衣服，干脆搬出了宿舍。

春天到了，窗外的杨树长出嫩叶，像挂了一树亮晶晶的眼睛。我每日与那些眼睛对视，惊奇地发现它们几乎一天一个样，短短几天内就迅速变成了巴掌大的树叶。不知不觉，春日已到尽头。大教室里因为少了一个人而愈发空旷荒凉，她的蒙古包还在，里面的东西也都在。但我们都不敢走近她的蒙古包，似乎那是一座废弃的荒冢。

梁爱华仍在终日写信，写给一个永远不会给她回信的男人。我甚至怀疑，她说的这个师专里的老师也许根本就不存在，她所有的信其实都是写给自己看的。曲小红受了康西琳的刺激，开始四处托人给她介绍男朋友，她穿着长风衣，戴着礼帽去相亲，看她的背影就像一个刚刚从伦敦大雾里走出来的英国人。好像总有人请她吃饭，但她每天晚上都是早早回到宿舍。隔壁的美术老师忽然结婚了，据说找了个矿上小学的数学老师，果真是和数学老师更投缘。他像示威一样跑到我们宿舍发了四张请帖。我们给他凑了份子钱。

初夏到了，黄昏的时候，我独自去河边散步，河边的杂草丛里盛开着星星点点的蒲公英，有时候不小心踩到一簇草丛，里面便轰然飞出一群雪白的小降落伞，像放烟花似的，小降落伞们乘风飞翔，有的落在水面上，有的能一直飞到河的对岸。就为了能碰到这些小降落伞，我故意在草丛里走来走去，期待能碰到它们表演的魔术。有时候我会坐在河边，掏出一只揉得皱巴巴的烟盒，带有表演性质地掏出一根烟，叼在嘴角点着，夸张地抽两口，对着空中吐出一串烟圈。希望被人看到又怕被人看到。

夕阳即将归山，西面的群山之上，晚霞在猎猎燃烧。我不敢再往前走。顺着河流再往下游走，是一大片坟地，那坟地里有两千年前的武氏墓群，墓碑已长满青苔，字迹难以辨认。也有最近几年的新坟，能认出是新坟，是因为还有人来上坟，坟前摆着果品。在坟地周围还有好几座诡异的小庙，矮小破败，人弯着腰都钻不进去，不知道是不是用来祭拜鬼魂的。据说每到天黑，这片坟地里就会升起大雾，常有穿白衣的人影和白狐在雾里无声游动。穿过这片坟地，再往下游走就是一座水库，像一面大镜子栖息在群山之中。

　　我站在河边回望着整个小煤城。小煤矿纷纷倒闭之后，这座大煤矿便兴起了，它在兼并和吞食了很多小煤矿之后，越长越大，越长越强壮，最后长成了一个极其庞大的黑色巨人。在那座巨大煤矿的衬托下，小煤城看起来那么小那么羸弱，就像寄生在煤矿上面的一件小肢体。最后一缕光线渐渐从天边消失了，黑暗从山谷中生长出来，在四野游荡。那煤矿的轮廓看起来坚硬狰狞，力大无穷，可怖地耸立在荒野里。我站在那里，河水从我脚下哗哗流过，我第一次感到了恐惧。我忽然明白，其实我也不过是寄生在这煤矿上的一株小生物，也许这辈子我都没法离开这个地方了。我想起了康西琳，想起那天晚上，她抚摸着那本书的封皮对我说话的神态，这都什么时代了，人类的文明总是要不断向前发展的，总不会倒退。她看上去就像一个闪闪发光的先知，而我只能远远跟在她身后一路小跑。

两个月之后康西琳又搬回了宿舍，她说和她男朋友分手了。我们都凑过去，想打听一些更详细的情况，她把桌子上一层厚厚的灰尘抹了一遍又一遍，满不在乎地说，他不适合我，分就分了，都什么年代了，马上就是二十一世纪了。说这句话的时候，她看了看窗外，似乎此刻的窗外真的已经是一个崭新的世纪了。她那废弃的蒙古包里重新透出了灯光，宿舍里又还原成了四个人，一切都和从前衔接得天衣无缝，每天上课下课，备课，批作业，用喷着火舌的汽油炉做饭。我们依然像从前一样互相串门，我每次窜到康西琳的蒙古包里的时候，都见她桌子上又新摆着厚厚一摞小说，大概是刚从学校的图书馆里借的。她半躺在床上，飞快地翻书，好像正在书里找什么东西。

她和我打了个招呼，但看起来并不打算多说什么，我坐在她的椅子上，一时无话，便也随手拿起一本小说翻了几页。我一边翻书一边找话说，小说这东西嘛，就是作家们编出来的，看看就行，别当真。她的上半身忽地从床上弹了起来，她盯着我说，你说谁当真了？我怔了一下，心想自己刚才说错什么了吗？一边想一边帮她把那摞歪歪扭扭的小说整理了一下。她重新跌落在床上，半躺在那里看着我，手里还拿着那本打开的书，又胡乱翻了几页书，她忽然用老师训学生的口气冲我说，姚丽丽，你怎么还不谈恋爱？是要等到七老八十了再谈？你不谈恋爱怎么能知道谁适合你，赶紧的，抓紧时间。以往要是有人催我结婚什么的，我会毫不客气地顶回去，可是这次，不知为什么，我只是宽容异常地对她笑了笑。

等我下次再去串门的时候，不管聊什么，她最后都会把话题慢慢绕到这方面来，不时问我，有男朋友了吗？我笑道，又不是买菜，哪有这么快的。她略略有些失望，扭头去抠那张挂在床头的钢笔画像，不一会儿，竟抠起了一圈细细的毛边。我觉得我应该说点什么来阻止她，但我还是默默坐在那里，什么都没说。她终于停止摆弄那圈毛边，忽然又烦躁急切地问了我一句，要不要我帮你介绍？她表现得过于热衷了些，简直像个有提成的说客。我心中越发疑惑，总觉得哪里不太对劲。

过了几天，我看到她正站在曲小红的蒙古包前，游说曲小红该找男朋友了，不要太挑。我站在她们身后默默听了一会儿，忽然就明白过来，她是太孤单了，她需要有人做伴。曲小红正坐在桌前，戴着围裙给自己做芹菜肉包，我看到，过了许久，她才从包子上慢慢抬起头，似笑非笑地看了康西琳一眼。康西琳的背影似乎微微抖了一下。

　　康西琳又搬出去住了，她有了新的男友。这次她搬出去的速度似乎比上次更快，倒像是匆忙逃出去的。晚上，她的蒙古包再次寂灭了下去。那天，梁爱华去了她舅舅家吃饭，曲小红约会未归。整个大教室真变得像草原一样空旷寂静。我桌上摆着一本自学考试的书，专升本，我翻了几页就把书放下了，一个人开始在大教室里闲逛。有时候她们都不在，我还会在这里面跳绳、做操，太空旷了，简直连骑马都可以。逛到教室最前面，我在黑板上写了一行字，"素壁斜辉，竹影横窗扫。空房悄，乌啼欲晓，又下西楼了。"擦掉，又慢慢逛到教室最后面，在后黑板上写了四个大字，"新年快乐"，每个都有手提箱那么大，再擦掉。然后，我继续游荡，最后来到了康西琳的蒙古包前。

　　我呆立片刻，还是鼓起勇气，挑起帘子

进去了。我希望看到她的蒙古包里空空如也，希望她的一切已经随她绝尘而去，绝不留下一点点再返回来的证据。但是，我挑起帘子的一瞬间，看到一切都在原处，桌上的书和床头的钢笔画像都还在原处。站在那里，我忽然就感到了一种很深的悲伤，与此同时，竟还有一种隐秘的镇定在里面。

几个月后，康西琳又搬回了宿舍，显然她和这个新的男友也分手了。宿舍里又恢复成了四个人，晚上，四个蒙古包都亮着灯，顿时热闹了不少，我们却不再凑过去东问西问。她看上去和从前没有什么不同，每天按时上课下课，早晨早早起来去监督学生上早自习。我也去上早自习，看到她站在教室的门口捧着一本书看，低着头，看得很专注，刘海垂下来遮住半张脸，简直像个瘦弱的中学生。不一会儿，只见她冲进教室里，拎出一个捣乱的男生，高声训斥一番，又罚那男生靠墙站立。周围的班级，不时有老师探出头来，悄悄朝她的教室门口张望一番。

中午该做饭了，我一想到又要做饭便觉得痛苦不堪，我讨厌做饭，讨厌吃饭，甚至讨厌睡觉，经常幻想，人要是可以不吃饭不睡觉该多好。转念又想，人要是不吃饭不睡觉，像个拖拉机一样只知道加油也没什么意思。这时候只见康西琳拎起气筒和汽油炉，一边往出走，一边大声对我说，姚丽丽，我今天中午做鸡蛋炒馒头，给你也做上，啊，你就别做饭了，听到没。我赶紧环顾了一下周围，其他两个人正各忙各的，好像什么都没听见。

晚上，康西琳又把我拉进她的蒙古包里，说她今天刚买的绿豆糕，叫我一起来吃。我坐在椅子上，吃了一块就不吃了，她诧异地说，你不是只要有点心就能活下去？我摇摇头，对她笑了笑。她有些着急地看着我，你吃啊，再吃啊，怎么就不吃了。我只好继续干笑着说，晚上还是少吃点，不消化。她又起身把我拉过去，让我也坐在床上，靠着她。她用一只手不时地拍着我的肩膀，问我，最近看了什么好的小说，给我说说。我往一边挪了挪，躲开她的手，说，最近忙着看自考的书，没时间看小说了。

她有些惊讶地看着自己的那只手，像是不认识这只手，看了很久，慢慢收回去了。沉默片刻，她忽然笑道，你自考是对的，拿到本科学历就离开这里。你还记不记得我们那次在街上碰到的那个马戏团，里面跳的是脱衣舞，最后就剩一双袜子。居然也有人买票进去看，这种小地方真的是太野蛮了，人的素质也太低了些，其实我们看不到的，人类的文明正在飞快地往前发展，再过个十年二十年，可能整个世界都不一样了。

再次听她说到"文明"二字，没有了上次忽然瞥见宇宙飞船的惊艳感，这次我心里五味杂陈，不知道该说什么，便随手拿起桌上的一个本子翻了翻，不料却是日记本，我只匆忙瞥到一句"她们永远都不能得到自由，因为她们软弱庸俗"。我连忙放下本子。为了掩饰自己的紧张，我又随手抓起一支圆珠笔，低头把玩，手心里都是汗。

她抓过被子搭在自己腿上，好像忽然有点冷，然后硬要给我腿上也搭一些，我没拒绝。她歪着头，看着我的脸，带着点严厉，又带着些快乐，问了我一句，姚丽丽，你到底什么时候才谈恋爱呐？我把圆珠笔芯摁出来，又摁了回去，机械地反复了几次，只听她在旁边高声说，你不谈怎么能知道什么样的人适合你？谈恋爱又不是什么丢人的事，对不对？她的声音太高了些，我怀疑另外的两个蒙古包里都听见了，当然我也明白，她的目的就是为了让另外的两个人都能听见。

我说我要去卫生间，然后便扔下圆珠笔走出了她的蒙古包。我走过足球场般的大教室，来到楼道里，卫生间在楼道的最里面，我穿过黑暗的楼道往最里面走。感应灯在黑暗中一明一灭，在灯光暗下去的一瞬间，我有一脚踩空的恐惧感，似乎踩在了无边无际的虚空之上。我不时地跺脚，尖叫，才终于走完了这段路程。

半个月之后，发生了一件事。初二六班的班主任调走了，需要有新的老师来接手这个班。但这个班很差，在每次考试中都是垫底的，班上几乎没有出色的学生，老师们都知道带这样的班只会拖后腿，所以没有人愿意接手。因为是语文老师，学校想安排曲小红或康西琳来带这个班，但她们两个都不愿意。那天，两人一出校长办公室的门，在楼道里就你一句我一句地吵了起来。办公室里的老师们听见动静，纷纷走出来看热闹，在一层二层办公的老师们也纷纷爬着楼梯，赶到三楼来观瞻，结果围的人越来越多。我也从办公室跑出来，想挤进去看看究竟是怎么回事。

我往进挤的时候，两个人好像正在激烈

地争执什么，我没听清楚，当我好容易挤进去的时候，看到两个女老师正在劝康西琳，那边有几个老师在劝曲小红，一边劝，一边又微笑着看着她们吵。曲小红站在自己办公室的门口，那扇木门半开着，有阳光从那半扇门里泄出来。曲小红一半站在金色的阳光里，脸上看上去半明半暗。她抱着胳膊，把脸扭向里边，好像不打算再和康西琳说什么了。那边康西琳也不再说话，胡乱理了理刘海，目光直直看着人群，像是打算从这人群里挤出去。

就在这个时候，我看见曲小红那张扭过去的脸忽然又悄悄扭了回来，不知为什么，我忽然就有些紧张，我都能看清她脸上那层金色的汗毛，和那张涂了口红的薄嘴唇。她斜睨着康西琳的背影，红嘴唇轻轻张了张，吐出了两个边缘清晰的字。我相信一定是所有在场的人都听清楚了这两个字，因为人群忽地一下就静了下去，像是所有的人集体掉进了一个黑暗的洞中，都还来不及反应过来。我也听清楚了那两个字，"傻逼"。

康西琳猛地扭过头来，有些不敢相信地看着曲小红，她脸色惨白，用发抖的声音半笑着问了一句，你，是什么意思？

曲小红站在那缕阳光里微微笑了一下，她又张开薄薄的红嘴唇，斜斜看着她，轻描淡写了一句，我什么意思，你心里最清楚。

满月的夜晚，我和康西琳一起在汾河边散步。群山和巨人般的煤矿隐没于黑暗中，只剩下一道粗糙的剪影，小煤城的灯火散落在山谷里，如萤火虫一般微弱。月亮高悬于荒野之上，河流闪着银光，看上去光华夺目。我们沿着汾河一直往前走，都不知道该说点什么。走着走着，前面就是那片坟地，我们不约而同地站住了，因为是晚上，看不清前面是否已经起了大雾，更看不清是否有穿白衣的人影和白狐在里面游动。我们站在那里踌躇片刻，互相看了看，决定还是掉头往回返。就是在往回返的路上，她站在河边，看着水里的月亮，对着那轮月亮说了一句话，这里的人素质太低了，我一定要离开这个地方。

她像是在对着月亮发誓。

河水没有应答，载着月光，从我们脚下哗哗流走。

过了两天，下午下了课我回到宿舍，发现康西琳蒙古包里静悄悄的，便以为她在办公室批改作业。天渐渐黑了，我们三个人的蒙古包都亮起了灯光，唯独她的蒙古包还是暗着。等到睡觉前，我发现她的蒙古包还是暗着。我走出自己的蒙古包，像平常一样，独自在空旷的大教室里游荡了一圈，最后，我慢慢来到了她的蒙古包前。我在那里站立了好一会儿，深吸了一口气，才轻轻掀开了她的布帘子。就着外面的灯光，我模糊看到，里面是空的。除了那张单人床和那套桌椅，她所有的东西都不见了。桌上的书，还有挂在床头的那张钢笔画像，全部都随着她一起消失了。

四

窗外的西北风越来越猛烈，啪啪敲打着玻璃，似一头怪兽正在窗外狠狠盯着我们，就不信我们不出这门。我给三只酒盅里又满上酒，主动举杯道，来，我敬你俩一盅，咱仨也难得聚到一起。喝完这盅酒，梁爱华从抽屉里翻出半包烟，自己在嘴上叼了一根，用火机点着，又拿烟盒子让我们。我瞪着她说，你还真抽上了，这是上瘾了？她用两根指头不太熟练地夹着烟，讪讪地说，平时都不抽，就是和你们在一起的时候玩一根，哪来的瘾？我正襟危坐在椅子上，说，既然不上瘾，那就还是掐掉吧，对身体没什么好处。她还是保持着那个姿势，用两根指头夹着那根烟，一声不响地盯着桌子看，好像什么都没听见。大约五分钟之后，她转过身去，悄悄把烟掐掉了。

她的这种表情我太熟悉了。小煤城的第一家咖啡厅开业的时候，我请她去喝咖啡，说，咱也是有咖啡厅的人了。要了两杯咖啡，她拿起小勺子一勺一勺舀着喝咖啡。我看看四下无人，连忙压低声音对她说，这小勺子是用来搅咖啡的，不是用来喝咖啡的，这样会被人笑话的。她好像聋子一般，完全没听见我在说什么，继续慢条斯理地用勺子舀着咖啡，一勺一勺地喝。好几分钟之后，她悄悄放下了勺子，面无表情，端起杯子，一边看窗外来来往往的行人，一边把杯子凑到嘴边。我这才明白，其实她都听见了。确实，她又不是聋子。

二十年已经过去了，如今，我能在她们面前稍微摆出一点类似于族长的威仪感，却是因为，在我们四个人中间，我无疑是看起来过得最正常也相对最体面的那个。我在二十七岁那年果断地结了婚，在结婚之前我已经通过自考拿到了本科文凭，教的班级能排到年级前列。而同时，我已经不再与人谈论如何离开这座小煤城的愚蠢话题。我最终找了个煤矿上的技术员结婚，是的，无论怎样都绕不开那座庞大的煤矿，因为就是它繁衍出了这座小煤城。他虽然不是矿工，但和矿工基本属于同一物种，都是活在黑暗中的生物。他也得下井，坐着那种巨大的铁篮子下到井底排查各种线路的安全性。

我明白在这样一个小煤城里，他对于我来说已经是比较优化的选择，是煤老板和矿工之外的第三种材质。何况他做得一手好菜，每晚还雷打不动地给我削一个苹果，也从不过问我的私事。我们有一个女儿，如今已经十四岁，学习成绩一直名列前茅，业余时间还抽空学了一门乐器。其实我并不想要一个女儿，我更愿意要个儿子，倒不是我重男轻女，而是我觉得男性这种性别会让人活得更容易一点。

我安心做我的中学老师。从家里走到学校的这十分钟路程里，一路上会碰到很多人和我打招呼，姚老师。不管认识不认识，我都面带微笑，礼貌地点头。虽然明白自己已经开始步入老女人的行列，但现世的稳妥护佑着我，使我得以安然滑翔过了一天又一天。我看起来简直正常到了不能再正常的地步，除了晚上偷着喝酒以及偶尔躲到汾河边偷偷抽上一根烟。

曲小红倒是嫁了个煤老板的儿子，那时候煤老板的儿子经常开着悍马在我们学校门口等她，办公楼上所有的窗户里都探出了脑袋，目送着曲小红款款走上悍马，再目送着悍马扬长而去。婚后不久她生了个女儿，可是煤老板家族要求必须生出男丁，她只好又生了二胎，结果被学校开除了。她生的二胎倒是个男孩，但不知什么原因，生完二胎没几年她就离婚了，据说还是她自己先提的离婚。一双儿女都被煤老板家族抢走，她独自前往省城打了两年工，两年后我又在小煤城的街头看到了她，她回来了，背着一只闪闪发亮的人造革皮包，穿着多年前的旧呢子大衣。我动作敏捷地躲了起来，免得她看见我。

梁爱华那就更不用说了，给她师专的老师写了好几年的信，从未收到过一封回信。她是在好多年之后戛然终止了给他写信，但那个时候，她已经三十多岁了。三十多岁的时候，她穿着珍藏多年的高跟鞋，一身职业黑色西服，晃着一米七五的巨型身高，去咖啡厅和一个离异后的男人相亲。出发前，我拎着她的耳朵猛往她耳朵里灌，喝咖啡的时候一定不要用勺子舀着喝，听到没？听到没？她很不屑地俯视着我，意思是我贬低了她的智商。结果这次相亲之后，她再不肯去相亲，也拒绝再去任何一家咖啡厅。

梁爱华拈起一颗花生米，搓了皮，往空中一扔，用嘴稳稳接住了。我见状，连忙呵斥道，看看你这吃相，还是当老师的，也不稳重点。她并不生气，慢慢嚼碎花生米，自己又给自己倒了一盅酒，一仰脖子喝了下去，然后借着酒意，偷偷看了看我，又偷偷看了看曲小红。我一拍桌子，说，梁爱华，有话快说，你到底想说什么。

沉默片刻之后，她面无表情地看着我说，猜我昨天在街上看见谁了？康西琳。她回来了。

整个屋子咣当一下就掉进了一种恐怖的安静里，窗外的西北风更加猖狂，使劲推着门窗，好像随时都会破门而入。我也偷偷看了一眼曲小红，她好像什么都没听见，正在专心致志地啃鸡爪，在她面前已经堆起了一座碎骨头组成的小坟茔。我坐在椅子上，努力斟酌着字眼，问道，你没看错吧？真是她？她回来干什么？显然梁爱华也在努力选择着字眼，她犹豫了一下，慢吞吞地说，好像，她好像在五一大楼前面卖烙饼。这次，连曲小红啃鸡爪的手也暂时停住了。我听到自己的声音陡然变尖变细，却还努力保持着一个族长的威严，你说清楚一点，什么叫好像？到底是，还是不是？

我必须承认，在听到康西琳并非衣锦还乡的瞬间，我竟偷偷松了口气。

梁爱华一仰脖子，又滋溜喝下去一盅，她想了想，又给自己倒了一盅，喝下去，这才红着脸，有些伤感地说，自己去看看不就知道了，就在五一大楼前面。我用眼角的余光瞥见曲小红慢慢伸出一只手，继续拿起一只鸡爪啃，她那涂了指甲油的手指在灯光下闪闪发光。我忽然想跳起来阻止她继续吃下去，但稍微咬了咬牙，还是忍住了。

我穿着大衣，戴着帽子，戴着口罩，出

现在五一大楼前面的小广场。这是小煤城里最早出现的百货大楼，曾经掌控着全城人吃喝拉撒的命脉，如今已沦为廉价市场，很多小摊小贩聚集在门口，有摆地摊卖衣服的，有卖烤红薯的，有卖冬瓜的，有卖爆米花的，有卖盒饭的。卖爆米花的风箱时不时嘭的一声巨响，像在放二踢脚。在初冬冷白的阳光下，小贩们个个裹着棉衣，戴着帽子，仍然冻得瑟瑟发抖，于是他们便三三两两生一堆柴火，原始部落一般，一群人围着一堆火，一边聊天一边把手伸在火堆上烤。火光使所有的人看起来都变形成了波浪形，伸出去的那些手，也像水草般柔软地飘摇着。

事实上，在这二十年里，整个小煤城还是发生了不少变化的。我记得那是在2008年左右吧，因为煤价大跌，开小煤窑的煤老板们纷纷破产，很多人开着一百多万的车，却连油都加不起。于是满街横躺着没人开的僵尸车，卖也卖不掉。省城人听说了之后，组团赶过来，用白菜价捡漏，一买一串，螃蟹一样，拎着回去。煤炭市场的寒冬过去之后，小煤矿已经死的死，伤的伤，活着的也只是苟延残喘，纷纷被大煤矿收购兼并。饱食之后的大煤矿愈发显得庞大狰狞，在旷野里呼风唤雨，简直像个躲在深山里的史前巨兽。煤价上涨几年后，2012年再次下跌。2014年之后因为环保的要求提高，又有一批煤矿倒闭，于是又有一批煤老板泯然众人。同时随着煤矿减少，煤价再次上涨。我们这座小煤城，这么些年来就像坐了过山车一样，跟着煤价上下翻飞，腾挪跌宕。最近两年，煤价倒是不错，但小煤城里又流传着一个恐怖的谣言，那就是，这座巨型煤矿的开采年限快到了。如果这座庞然大物倒地死亡了，它身上的寄生物又能活多久。但不管外界如何风云变幻，我仍然每天兢兢业业，准时上课下课。我已经分不清楚自己到底是否喜欢这份职业。我早已想好，即使有一天这座巨型煤矿真的消失了，我还会留在原地。

在各色小贩中间，我几乎一眼就看到了坐在小推车后面卖烙饼的康西琳。

她看上去和二十年前并没有太大的区别，还是二十年前的发型，也没有呈现出属于一个中年女人的臃肿体态。我看着她，有一种错觉，觉得她刚刚从她那顶蒙古包里钻出来，夹着课本，正准备去给学生们上课。往事汹涌而来，冲刷得我几乎站立不稳。

我自恃自己戴着帽子和口罩，便又小心翼翼地往前挪了挪，假装路人，漫不经心地从她的小推车前走过去。我瞥见她黑色的羽绒服一直到膝盖，胳膊上戴着两只雪白的套袖。为了看得更清楚些，我又折回来，又折回去，反复走了几个来回，终于看清楚，她的眉眼之间到底还是老了一些，脸颊也凹下去了，但她化了妆，脸上扑着粉，描了眉毛，还涂着口红。头发是深栗色的，显然是染过的。她看上去并不真实，更像一幅二十年前的倒影立在那里。

　　没人过来买饼的时候，她就用盖子把饼盖上，在盖子上再捂一层小被子保温。然后掏出一只护手霜，挤在手上，两只手来回摩挲着，摩挲半天，又把一只手放在鼻子下面细细闻着，一边闻一边独自笑着。真正让我惊讶的是她那种表情，很奇特，没有任何痛苦，近于透明，好像这二十年的时间在她身上根本就是无效的，或者说，它们已经被什么更强大的东西消解掉了。唯一留下的痕迹也许是她的发型，廉价的口红。毕竟，就连我这样一个常年生活在小煤城里的女人，都不会用这样的口红。事实上，近两年里，我们学校的有些女老师甚至开始盘头，穿旗袍。

　　她对每一个过来买饼的人报以微笑，丝毫没有不好意思，只见她手脚麻利地把饼切开，称重，装进塑料袋里递过去。她并没有凑到那些火堆旁边取暖，只是不时搓手，在嘴上哈气，不时像小姑娘一样蹦跶几下取暖。一直没有人来买饼的时候，她会坐在手推车后面看书。只见她两手捧着书，认真看几页，直到又有顾客过来才放下书。我实在忍不住好奇，从各个角度拼命凑过去窥视，只想看看那是本什么书，但我又不想过早暴露自己。终于，又有人过来买饼，在她放下书的一瞬间，我压低帽子，擦着手推车往过走。于是凑巧看清了封面上的几个字，是《尤利西斯》。

显然，我被震住了。我不敢停下，只是没有目的地快步往前走。在走过去很远之后，我才终于回过头，看到她和她的小推车已经变成了很小的一个点。我久久凝视着那个点，就像看着一个极大的秘密。

五

　　夜深了，今晚丈夫在矿上值班，女儿回她房间里睡下了。我听见她从里面把门锁上了。我照例倒了一盅酒，瘫坐在窗前，慢慢喝着，窗外枯枝上的那弯上弦月又肥大了些，明亮了些，我每天晚上都看着它，看着它一点点长大，变圆，再一点点瘦损下去，直至完全消失在夜空里。但我毫不担心，因为知道它还会再次长出来。这个盈虚消长的过程给我一种暗暗的快乐。

　　我知道，女儿是怕我在她睡着之后闯进

她的房间。有一次，在她睡着之后，我进去给她盖被子，却发现她枕边放着一张男明星的照片睡着了，一个长得像人妖的男明星，我叫不上名字来。我站在她床前，愤慨而悲怆，几下将那照片撕成碎片。女儿猛地惊醒，眯着眼睛，困惑地看着我，我悲伤地对她吼道，看看你操的都是什么心，你要是考不上好大学怎么办？你也留在这里吗？

此后，当我悄悄盯着女儿看的时候，连我自己都能感觉到自己目光里的某种不友善。我想起了自己的少女时代，也会隔着电视屏幕崇拜一个男明星，好像已经被我彻底丢弃的东西，又奇迹般地在她身上出现了，她似乎是变成了小时候的那个我，而我对那个小时候的自己时常充满厌恶。如果有人问我，愿不愿意重新来过一次。我一定会毫不犹豫地回答，不愿意。我是真的不愿意。我讨厌这艰辛漫长的成长，讨厌使尽全力才能在这世上获得一点点安全感。每个人只适合活一次。

这些年来，即使是过年的时候，我都不愿意跑到省城去购物，即使车程不过只有一个小时。我也从不去北京上海那些大城市里旅游。对于不属于我的东西，我都不愿再多看一眼，因为即使多看一眼，都会使我暴露出软肋。我已经接受慢慢老死在这座抽屉大的小煤城里，对我来说，这也许还能勉强算得上是一种尊严。

可是，康西琳又为什么要回来呢？她已经离开这里二十年了，为什么还要回来？何况还不是什么衣锦还乡。如果只是想做一点小生意，又为什么非要回到这里？更重要的是，一个落魄的人，脸上居然连一点痛苦和怨气都看不到。这使她的归来看上去璀璨夺目，似乎她的内部正燃烧着一种奇异的能量。

我一边琢磨着一边喝完了手里的酒，又因为实在贪恋这深夜里的安静，忍不住又倒了一盅喝完了。微醺之间，我觉得自己好像正站在一条柔软的大河边上，波光月影，芳草夹岸，我走到河边使劲往里看，却看到河底沉着两个人的倒影。再仔细一看，正是我和康西琳在二十年前的那个夜晚落在汾河里的倒影。我们的眉眼都还是从前的，像河底保存完好的尸骸。我吓得后退了几步，一直退到客厅的沙发里。

第三天下午没课，我穿戴整齐，依然捂上帽子和口罩，再次来到了五一大楼前的小广场。她还在那个位置，推着那辆小推车，我今天才注意到，小推车擦得很干净，推车上盖烙饼的小棉被也很干净，倒像是给小婴儿盖的。这个时间点来买饼的人不多，她正坐在推车后面捧着一本书看。我开始时又像个间谍一样，在她周围东躲西藏，生怕她会看见我。后来连自己心里都觉得一阵好笑，便站在那里不动了。忽然，康西琳抬起头来，平静地与我对视了几秒钟，我心跳加速，却见她再次低下头去，继续看书。

她居然没有认出我来。我下定了决心，缓缓走到她跟前，像电影里演的那样，在她面前郑重地摘下了口罩。她重新抬起头，看着我，脸上居然没有一丝一毫的惊讶，甚至没有任何多余的表情，她只对我微微一笑，然后淡淡打了个招呼，姚丽丽，你也过来买饼？要多少？我顿时有些失望，又忍不住有些心虚，看来前天我像做贼一样从她身边溜过去数趟时，她其实就已经认出我了。

这回，我可以光明正大地看着她了。她仍然化着妆，白粉下面可见一层细密的皱纹，因为脸颊凹下去，使整张脸棱角分明，看上去有点像男人了。还是那件黑色羽绒服，戴着两只刺目的白套袖。就在我看她的当儿，她又掏出护手霜，往手上挤了一点，然后两只手来回搓着。我注意到那两只手，红肿皲裂，可能是因为在这样的寒天里做烙饼的缘故。抹上护手霜，她又把手放在鼻子下面闻了闻，然后很满意很欢快地把两只手捧在胸前，好像在做祈祷一样。

她的某些动作，甚至比她二十年前更像个少女。顺着这老少女的纹路，从一两个侧面看过去，会忽然觉得她身上有种阴森可怖的东西，是那种陈年标本才会散发出来的气息。我又专门朝她放在手推车上的那本书瞭了一眼，上次吓到我的是一本《尤利西斯》，这次是一本简·奥斯汀的《劝导》。盯着那本书的封皮，我心里不由得一阵伤感。想想自己，已经有多久没看过一本完整的书了，年轻时候看过的那些小说还埋在记忆深处，墓碑似的森然而立，我时不时也会在脑子里祭奠它们一番，顺便祭奠年轻时候的那个自己。但更多的空闲时间我只是像别人一样，捧着手机，在那儿不停地翻，不停地翻，也不知道自己到底在打捞什么，简直像在钻一个无底洞，越是一无所获越是要往里钻。

但我想到她现在只是一个在五一大楼前

摆烙饼摊的女人，我又恢复了自己一贯的镇静，还有我那种礼貌的微笑。大约是因为当中学老师当久了，即使是微笑的时候，很多人也会觉得我身上有一种威严感。我笑着说，什么时候回来的？怎么回来也不去找我们玩？她也笑着，笑容纯净，在下午的阳光里闪闪发光，她说，我去当年我们住的那间大宿舍找过你们，那里现在已经变成了仓库，早就没有人住了。我一愣，没想到她居然真的去找过我们，本想再问一句，那怎么不去下面的办公楼找我？想想还是作罢。

我斟酌了半天字眼，才又问了一句，怎么样，生意还好吗？她很快乐地说，还好还好，每天半夜起来做饼，早晨和中午来买饼的人多，有时候都忙不过来，下午人就少了，过会儿我也就收摊了，我自己做的千层烙饼，很香，来，给你尝一块。说着，她掀开小被子，用不锈钢夹子夹起一块烙饼朝我递过来，我一边摆手一边后退。其实平日里我也经常从各种小摊上买吃的，但不知为什么，此刻，我忽然觉得这种小摊上的吃的既不卫生也不体面。她固执地伸着夹子，不肯把手缩回去，我也站在那里不动，我们对视了几分钟，她忽然笑了笑，把手中的烙饼放进自己嘴里，慢慢嚼着咽了下去。等到吃完，她拍拍手上的油渍，心满意足地说，好吃，我每天的午饭就是这烙饼，天天吃也吃不腻。你真不尝一块？

我心里一阵莫名地难受，手搭凉棚看了看西边的太阳，说，我们也二十年没见了，这样吧，今晚我请你吃饭，你想吃什么？我迟迟不敢开口说要请她吃饭，是因为担心她拒绝。不料，她很爽快地说，好啊，这次你请我，下次我请你。我倒有些微微的措手不及，便提议道，那我们去吃火锅吧，天这么冷，吃火锅暖和。她又是很高兴的样子，搓着两只手，一口便答应下来。看着她的样子，我总觉得哪里不对劲，有些疑心眼前这个人并不是真正的康西琳，而只是一个和康西琳长相酷似的人。我试探性地问了一句，你现在还画画吗？她瞪大眼睛看着我说，画啊，这是昨天刚画的。说着从那本《劝导》里翻了翻，翻出一张卡片来，应该是做书签用的，卡片上画着一个眉开眼笑的小儿在戏一只蜻蜓，是用钢笔画的。我说，画得不错。她立刻说，那送给你吧。

我收下了卡片，心里又是一阵说不出的怅惘。这时候过来一个买饼的老太太，称了二斤烙饼，临走的时候还盯着我看了一眼。我心想，难道是我的帽子戴歪了，还是纽扣扣错了？还是因为我站在这手推车旁边的缘故？不由得扶了扶帽子，又偷偷检查了一遍纽扣。二十年来，我已经慢慢拥有了一套独属于小煤城的尊严体系，几乎没有人会挑衅我。

我不想一直把自己展览在这里，便说，那我们去吃火锅吧，你的手推车放到哪里？我心想，她总不至于把手推车推进饭店里吧。没想到，她兴冲冲地说，再过十几分钟我男朋友就要过来接我了，到时候我把推车交给他，我们就一起去吃饭。我一听男朋友三个字，不由得一愣，对于我来说，这已经是一个过时的古董般的词语，这样猛地听上去，简直有一种借尸还魂的感觉。我犹豫了半天才问了一句，哦，你还没结婚啊？不料，她极爽快地抛出一个字，没。

虽然我也时不时会厌倦婚姻里的烦琐和无聊，但面对她这样一个没有过婚姻的单身女人，还是不由得会生出一种优越感来。我必须承认，即使是在梁爱华面前，我内心里其实也是有那么一点优越感的。那种感觉，怎么说呢，就像在冰天雪地里，我把自己包裹得严严实实的，却忽然迎面遇到了一个衣不遮体的人。这优越感里难免还有些怜悯。可是眼前这个女人，看上去不但不怕冷，还很快乐，这让我有点生气。

一边等她男朋友，我一边找话说，那你

男朋友，应该和你年龄差不多吧。她正在收拾手推车，听见我的问话，忽然自豪地一笑，说，他比我小十岁。我大吃一惊，重复了一遍，十岁？继而又为自己的没有见过世面而感到羞愧。她仍然在看着我微笑，不知为什么，我总感觉她的笑容里颇有深意，以至于让我有些微微的脊背发凉。推车收拾好了，她的男朋友还没来，我只好又找话说，那你们怎么不结婚啊？她摘下两只套袖，在手里团了团，像在玩一个雪球，我忽然感觉到，她身上散发出一种奇特的优越感。她在我面前也有某种优越感。她似乎抬起眼睛轻轻瞟了我一眼，很快又转向别处，只听她说，结婚又有什么意义，非要把两个人捆绑在一起。高兴了在一起，不高兴了就各走各的，他要是哪天离开我了，我一个人照样过得好好的。

正在这时候，一个背着工具包戴着安全帽的男人向我们走过来，还未走到跟前，康西琳就笑着迎上去，伸手在他肩膀上轻轻拍了一下，接过他手里的包。然后回头对我喊着，这就是我男朋友，刚从工地上干活回来，来接我了。那男人三十多岁的样子，精瘦，个子也不高，看着像个南方人，站在康西琳面前，好像整个人都能被她装进去。男人留着寸头，长着一双很亮的小眼睛，朝我看了看，似乎还对我笑了一下。

这几年小煤城里又开发了几座楼盘，因为小煤城夹在山谷里，没有宽裕的地方，所以只能像积木一样往高处摞，但凡开发一座楼盘，一定都是几十层的高层楼，恨不能够着月亮，高楼摇摇欲坠地插在群山之间。近年里涌进不少这样的外来务工者，我在这里生活了二十年，已经有了主人的感觉，竟然也开始学会了排外。每次见到他们，我都会远远躲开，因为他们很容易让我想起当年十字路口的那个大帐篷，和帐篷里穿着红袜子的女孩。他们是观众，可怜又可怕。

我们坐在火锅店一个靠窗的沙发座上。她脱了羽绒服，里面穿着一件很普通的黑色毛衣，胸前却别着一朵亮晶晶的胸花。我盯着那胸花呆呆看了几秒钟。我意识到其实我正盯着她看，但我也不想回避。不知她是不是故意在躲避我的目光，她一直看着窗外的行人，脸上还是很高兴的样子。她这种神情让我觉得她是存心要虐待自己，好像一定要把自己扣作某种人质。我有些生气，又有些心酸，一时不知道该说什么。

锅开了，咕咚咕咚地响着，一团白雾弥漫在我们中间，我们的眉眼和手都在雾气中融化了一部分，我感觉稍微舒服了一点。锅里的羊肉已经可以吃了，但她没有动，只是端坐着，像小学生一样把两只胳膊放在桌子上，小心守着自己面前的一碟小料。我说，快吃啊，羊肉要老了。她嗯了一声，还是没动，只是专心地盯着那口锅。我只好自己先吃了起来，见我开始吃了，她才慢慢举起筷子，也跟着我吃了起来。一旦吃起来，我才发现她胃口极好，就是在和我说话的当儿，她也一刻没有闲着，嘴里一直在吃。刚扔进去的白萝卜，还没煮熟，她就急不可待地捞了出来，一边吹气一边咬下去。在捞火锅的时候，她仍然是那种快乐而无忧无虑的表情，好像这是一种很有趣的游戏。

我吃了几口便吃不下了，为了陪她，还是夹了点青菜，装模作样地吃着。沉默片刻，我开口道，你当初离开学校后去了哪里？疑心自己的这种口气是不是像在审问对方，于是又补充道，我是说，你后来去哪里发展了？她一边用漏勺使劲从锅里打捞着，一边漫不经心地说，去了好多地方，先去了北京，又从北京去了广州，后来又从广州去了深圳。

我在二十年里拼命躲避的一些地名忽然都从她嘴里跳了出来，带着一点漫不经心的炫耀，我有些避之不及，便微微冷笑着说，哦，那你怎么又回来了？她忽然开心地大笑着说，觉得还是这里好玩啊，真的，当年我们老说怎么从这个小地方逃走，后来我跑过那么多地方，发现还是这个地方最好玩，就像个小玩具一样，你不觉得这里真的很好玩吗？她边说边大笑，牙缝里露出了绿色的菜叶子，手伸出去又把剩下的白菜和土豆片都倒进了锅里。

她的快乐激怒了我，我用一根指头轻轻敲着桌子，看着她说，你去过那么多地方，又回来卖烙饼，就没做出什么事业吗？话一说出口我就后悔了，我想起在当年的大宿舍里，她的桌子上永远摆着一摞刚从图书馆借来的小说，她把藏在枕头下的那本书拿出来给我看，对我说，人类的文明总是要不断往前发展的，总不会倒退。我的眼睛忽然发酸，眼泪几乎就要流下来。这时却听见她边笑边说，人活一辈子都要经过很多事情的，起起落落，这有什么好奇怪的。我这些年里就数在深圳待的时间最长，那里机会多嘛，我在深圳的时候开了个公司，也赚了些钱，在深圳买了房买了车，消停地过了几年。那几年里我都没做过一顿饭，家里雇了个保姆，做饭打扫卫生都是她管。后来你猜怎么，我被人告了，说我公司的项目打的是违法的擦边球，结果就打官司，罚我款，卖了房卖了车都不行，后来我就进监狱了。

我惊讶地看着她，她又对我无邪地笑了笑，撸起两只袖子，把一盘手擀面也倒进了锅里。她一边搅着面条一边说，我在监狱里待了四年，出来的时候就什么都没有了，又变成了穷光蛋，没有了就没有了嘛，本来也不是我的，钱就是过过手。你要问我为什么卖烙饼，因为我自个儿最喜欢吃的就是这烙饼啊，在南方的时候吃不到，成天就是海鲜啊，各种粉啊，越吃不到越想吃，做梦都能梦见。所以后来我就想，反正什么都没有了，干脆去卖烙饼，也是我的一个梦想。我现在每天的午饭就是吃自己做的烙饼，怎么也吃不腻，就是觉得好吃，你说有什么办法？

这时候我慢慢松弛了下来，没有刚才那么绷得紧了，因为我并不太相信她说的话。但她说自己一无所有了我还是相信的，因为一个四十多岁的女人，在寒风中摆摊卖烙饼，若不是真的一无所有了估计也不会这样。我觉得我应该安慰她几句，嘴上说出来的却是，你快吃，快吃，要不要再加点什么？她笑着摇摇头，把锅里煮好的面条捞了一碗，撒上葱花，埋头吃了起来。这时候我注意到她撸起袖子的胳膊上有一行黑色的小字，看着有点像文身。我忍不住问了一句，你还文身？她一听，立刻伸出胳膊给我看，原来是一行数字，她很快乐地说，这是我曾经的一个男朋友的生日，我把他的生日都文在了身上，说明是爱情吧。

我盯着她，想从她的眼睛里拽出一点别的东西，但她从容不迫地盯着火锅，又拿勺子捞了一碗面，等到这碗面也快吃完了，她才抬起头对我说，不过这个男朋友早就分手了，我为什么会把他的生日文在我身上呢，肯定还是因为他当初很爱我，我也很爱他。我现在这个男朋友对我也不错，但肯定还是不及他吧。我说，那为什么分手了呢？她只笑了笑，并不说话，又抬起自己的胳膊，很专注地欣赏了一下上面的文身。然后继续拿起勺子，把锅里的残渣细细打捞了一遍，连底料里的红枣都没有放过一颗。我从没有见过吃得这么干净的火锅，简直不忍多看。等到连锅里的残渣都打捞干净之后，她才终于放下筷子，摸了摸自己的肚子，高兴地说，好久没吃过这么好吃的饭了，你看，生活还是挺美好的吧。

　　我们从火锅店里出来一看，天已经黑透了，寒风卷着枯叶，从空荡荡的街上呼啸而过，不多的几个行人都扛肩缩脖，两手插兜，急急赶路。我说，我得回家了，女儿还在家里，你也该回家了吧，你家住在哪里？不料她说了一句，我先不回家，我要去游泳，我每天晚上都要去游泳的，一年三百六十五天，没有一天间断过，哪天不游就浑身不舒服，那我走了啊，改天请你吃饭。说罢便扬长而去。我愣了一愣，又在她背后追着问了一句，大晚上的，你去哪里游泳啊？她头也不回地说，汾河水库。我们的声音立刻被寒风卷走，随后，她的背影也很快消失在了夜色中。

那天晚上，我到家之后，女儿正在台灯下写作业。我坐在她旁边的椅子上，怔怔地看了她很久，直到把她看得都有些害怕了。她抬起头，不安地说，你又要和我说什么吗？我疲惫地摇摇头，说，没有，写作业吧，写完早点睡。我站起身来，走了几步，又停下，在阴影里回过头来对她说，如果将来有一天有人对你说起独立、自由，你一定要先好好搞清楚，到底什么是独立、自由。

六

这天下午，我佯装着买菜，不知不觉又溜达到了五一大楼前的小广场。我戴上口罩，压低帽子，像个特务一样先把自己隐蔽起来。然后我窥视着康西琳和她的手推车，她还在老地方，还是穿着那件黑色羽绒服，来买饼的人不多，她坐在手推车后面正捧着一本书看。来来往往的人们都忍不住要多看她一眼，在这样一个小煤城里，有人一边摆路边摊一边认真看书，无疑显得十分霸气。我有些怀疑她是否真的看进去了。但在我们久别重逢之后，她最让我感到困惑的地方倒不是她还在看小说，不是她一边卖烙饼一边看《尤利西斯》，而是，她好像神奇地失去了痛苦的能力。我记得二十年前她还不是这样的，那时候她时常觉得痛苦，时常伤春悲秋，并时不时需要和我倾诉。而现在，她整个变得像个钢铁侠。这二十年的时间里，她到底做什么去了。

我躲在那个角落里久久观察着她，只见她看了一会儿书，又拿出一个本子，趴在手推车上，认真地抄写着什么。天哪，她居然还在做读书笔记。过了一会儿，她放下笔和本子，又掏出护手霜，往两只手上抹了抹，使劲地搓着，两只脚蹦蹦跳跳地取暖。她一边蹦跶，一边不时像向日葵一样仰起脸，眯着眼睛晒着太阳。这时过来一个女人带着一个小孩买饼，那小孩穿的棉衣连着帽子，帽子上有两只兔耳朵。她把烙饼递过去之后，专门从推车后面跑出来，笑嘻嘻地把小孩衣服上的两只兔耳朵拎起来，一边摇晃一边说，小白兔，白又白，爱吃萝卜和青菜。那小孩不满意被人揪起耳朵，噘着嘴，像是要哭的样子，女人呵斥一声，不知是在呵斥小孩还是在呵斥康西琳。然后拎着烙饼，提着小孩，匆匆离去。

康西琳看着她们的背影，独自站在那里笑得前仰后合。周围的小摊贩纷纷扭过头，无声地看着她。看来她的快乐并不是装给我看的，这时候我又有些怀疑，她是不是大脑受过伤，整个人变得有些不正常了。我从那个躲藏的角落里走了出来，摘下口罩，忽然从天而降地站在了她面前。她很高兴地看着我，姚丽丽，你过来啦？要不要吃块烙饼，还热乎着呢。说罢夹起一块烙饼就往我嘴里塞，我连忙躲开，烙饼落到了我身上，我连忙掸衣服，她又咯咯大笑起来。我一抬头，正好看到她放在手推车上的那个本子，是一个黑色封皮的笔记本，厚厚的。我把那本子拿了起来，一翻，密密麻麻的黑色钢笔字，是摘抄，一个厚厚的本子已经基本抄满了。我再仔细一看，忍不住倒吸了一口凉气，整个本子摘抄的都是《尤利西斯》。她在抄书。

我迷惑地看着她，说，你把《尤利西斯》都抄下来了？她不好意思地笑了笑，说，实在是喜欢，就忍不住把书抄了一遍，一个本子都放不下，这是第五个本子了，家里还有四本。

我低头把那本子又翻了半天，看见自己的手在微微发抖，我周身有一种奇怪的无力感。好半天我才把本子合上，抬起头对她说，走，今天我请你吃饭，你还想吃火锅吗？她立刻说，那不行，上次你请我的，今天该我请你，今天生意还可以，卖了一百多块钱，说吧，你想吃什么？

我只好说，那我们就别去吃饭了，其实我现在都不怎么吃晚饭，到这个年龄了，一不小心就长肉，要不我们去汾河边走走吧。

她盯着我的脸研究了半天，然后用很天真的神情说，你真不想吃晚饭啊？不是为了给我省钱吧？真不用省，钱挣来就是为了花出去，你要真不想吃，那我也不吃了，听你的，少长点肉，我肚子上现在也长肉了，幸好每天游泳，怎么样，身材还保持得可以吧？那我们就去汾河边走走。然后她又补充了一句，我男朋友快来接我了，稍微等等啊，等他来了把推车拿走，我们就去河边。

太阳已经开始落山，橘红色的夕阳光涂抹在我们脸上和身上，使我们彼此看上去都柔和了些，不远处的小贩们在夕阳里变得影影绰绰，像道背景，整个黄昏里好像只剩下我们两个人相对而立，这让我忽然对她多了些亲近感。我斟酌着用词，小心翼翼地说，你这个男朋友，毕竟比你小十岁……他毕竟才三十多岁，你有没有想过……他有一天，忽然离开你，或者，或者……她抱着肩膀，眯着眼睛看着夕阳，嘴角迅速闪过一丝笑容，那笑容倏忽就不见了。就在那一瞬间，我忍不住打了个寒战，我忽然感觉到了藏匿在她身上的那种可怕清醒，带着寒凉的蛇的属性，猛地探出头来与我对视，又转瞬即逝。

就在这时候，从夕阳里渐渐走出一个影子来，这影子渐渐长出五官，还戴着一顶黄色的安全帽。是她那男朋友过来接她了。他离我们还有几米之遥的时候，我就听见她用很大的声音热烈地叫了一声，亲爱的，你终于来了。那男人走到跟前，还是上次的那种表情，仔细打量我一番，然后笑着对我点点头。康西琳走过去挽住了男人的胳膊，晃着那只胳膊，撒娇道，亲爱的，今天给我买什么好吃的了？那男人摘下安全帽，抓在手里，看了看我，说，还没买，你想吃什么？她立刻噘起嘴，仍然晃着那只胳膊，不高兴地说，说话不算话，不理你了。那男人又看了我一眼，似乎还歉意地对我笑了一下，掰下她的手，说，你想吃什么，我这就去买。

　　看着男人推着手推车渐渐远去之后，她忽然就放声大笑起来，笑得收都收不住，一边笑一边拍着我的肩膀说，哈哈哈哈哈，好玩吧？你说好玩不好玩，是不是像做游戏一样好玩？我们刚往前走了几步，她忽然扑哧一声，又笑得捂住了肚子。

　　落日把整条河都染成了金色，而旷野与群山已隐匿于铁青色的薄暮之中。我们沿着金色的大河慢慢往前走，渐渐地，金色的波光消失了，河流变成了黑色，仿佛来自幽冥之地，而与此同时，一轮焦黄的月亮沉入河里，河水又变得安详沉静。我们就那么慢慢走着，走着，像极了二十年前的那个夜晚，我们也是这样在河边散步，月亮同样沉入河中。两天后她便不辞而别，不久，学校就把她除名了。

　　我裹了裹身上的大衣，说，我们上一次在这里散步已经是二十年前了，时间过得真快。她说，是吗？我说，你变得和以前不大一样了。她说，有吗？我忽然像个中学老师给学生上课一样严肃地说，康西琳，你这二十年里到底做什么去了？

她把脚下的一块小石头踢到了河里，河里的月亮立刻变成了无数片金色的羽毛。她看着那些羽毛说，不是都和你说过了吗，我去过好多地方，做过好多工作，人这辈子就是要多跑跑多看看，反正最后都是要死的，谁和谁到最后还能不一样了？你说你死的时候和我死的时候能有什么不一样？都是死人躺在那里，别人总不会说，这个死的是个中学老师，那个死的是个卖烙饼的。

说着说着她又快乐起来，蹲在地上捡起一把小石头，不停地往河里扔，等到那月亮刚刚凝固了一点，她立刻又扔出一块石头，再次把月亮打碎。我站在旁边呆呆看了好半天，终于说了一句，这些年里你到底受过什么苦？她在黑暗中似乎微微愣了一下，随即便又哈哈大笑起来，她一边笑一边说，姚丽丽，你都想哪去了，就算我坐过几年监狱，也没你想得那么不好，其实监狱里住得还挺干净，每天都唱歌，可以借书看，晚上还有电视看，好多人为了躲债还故意躲进监狱里呢，你真的想多了，哈哈哈哈哈。

我对她这种过分欢快的语气已经开始感到厌倦，便不再说话。她独自笑了半天也渐渐安静下来，我们在黑暗中看不清彼此的表情，只能感觉到对方也正看着脚下的河水。我们无声无息的目光在水中相视。就这么呆呆站了许久，我感觉到，那些聒噪的，虚假的东西已经缓缓沉下去了，触了底，我们周围的黑暗变得澄澈而透明，我开始能够触摸到那些躲在深处的隐秘纹路了。我才又对着河水说，我也不知道，到底是什么害了你，你不要老拿一些东西来折磨自己，没必要的。你还没有感觉到吗？时间真是个好东西，只要放在时间里，什么都能变。你看不过就二十年的时间，很多东西都和以前不一样了……谈恋爱是个小事，你可能还不知道吧？就连这个小地方的人，现在也流行约网友，找情人，去酒店开房，还有的人干脆就在车里……就连我们学校的老师，都有这样的。

她站在那里看着河水，没有说话，也没有动。

我轻轻叹了一口气，又说，这么些年里，我倒一直记得你说过的那句话，你说，人类的文明总是要不断往前发展的，总不会倒退。

她还是一句话都没有说，也没有动。

我继续道，还记得你当初给我看的那本小说吗？早已经买不到了。不过现在的小孩子都不看小说了，他们看手机看电脑。

她仍然没有说话。

静默了片刻，我又说，那个曲小红，还记得吧？你离开学校的第二年，她嫁了个煤老板的儿子，经常开着悍马过来接她。后来因为生二胎被学校开除了，再后来又离婚了，也不知道是因为什么离的婚，她从来不和别人说。现在她成天在微信上卖东西，卖保健品卖祖传膏药卖什么红外仪，一天到晚给熟人发链接，让人买她的东西，群发链接的时候还总要群发一句，有什么好事都是第一时间告诉您。毕竟是以前的同事，把她拉黑也不好，只好由着她随便发，反正假装看不见。她离婚之后也没再结婚，但听说有个情人，好了几年了。那情人有正经工作，有老婆有孩子，估计也不会离婚。有一次她在微信上和我诉苦，说她那情人曾经借给她五万块钱，现在只要一吵架就问她要钱，说，把我那五万块钱还给我。

她一动不动地站着，我都疑心她是不是站着睡着了，仔细一看，河里的波光在她脸上诡异地闪动着，她正目光灼灼地盯着河水。我感到无趣，朝自己的两只手上哈了一口热气，使劲搓着，又来回跺着脚取暖，她还是静静地站在那里，一动没动。我活动了几个来回，又凑到她身边，陪着她看了半天河水，才在她耳边悄悄说，过去的就过去了，不必记在心上，她现在是什么样子，我也告诉你了。她倒是聪明，但你看也不过活成现在这个样子。

在黑暗中我看不清她的表情，但我能明显感觉到，话音刚落，我们周围的空气忽然就变得异样起来，有些僵硬，还有些锋利，凉飕飕地刮着我脸上的皮肤。我愣了一下，但很快就反应过来了，因为我用了一个词"聪明"，而二十年后使用这个词，无疑会让她觉得对应着二十年前，曲小红在校长室门口用过的那个词"傻逼"。我忽然发现，在这二十年的时间里，那个词的威力真正辐射着的，也许不是别人，却正是我自己。

她依然站在那里，还是没有动，河水闪烁着金属般的月光，河边枯萎的芦苇在月光下变得像雪，周围寂静极了。我心里忽然就莫名地害怕起来。我觉得我应该向她解释点什么，我张了张口，嗓子干涩，居然没发出任何声音。我甚至扭头看了看我们来的小路，它在黑暗中如蛇一般蛰伏着，若隐若现。就在这个时候，我忽然听见了几声笨重爽朗的笑声，哈哈哈哈哈哈，是康西琳发出来的。她一边笑一边扭过脸看着我说，你怎么知道人家曲小红过得不好呢？一个人过得好不好只有自己心里清楚，比如说你姚丽丽，你过得好不好也只有你自己心里清楚。

我与她在黑暗中静静对视了几分钟，然后我慢慢笑了一下，说，康西琳，如果你真的过得好，我替你高兴。

月亮就在头顶，我们又默默地往前走了一段路，前面就是那片坟地，我停住了脚步。康西琳并没有停下，她独自向那坟地里走去，往前走了好一段路才回头对我说，你先回去吧，我要去汾河水库游泳，和你讲过，不管刮风下雨，我每天都要游泳的。我大声对她喊道，你不怕冷吗？她没有回答，背影渐渐消失在了坟地里。

那个晚上回家之后，我浑身发冷，一个人多喝了几杯酒，然后晕晕乎乎地躺到床上，很快就睡着了。在梦中，我又回到了那间空荡荡的大宿舍，宿舍大极了，一眼看不到边，宿舍的尽头全是可怖的黑暗。宿舍里到处是一座又一座的小帐篷，像驻扎在草原上的蒙古包。我掀开每一顶帐篷的帘子，里面都空无一人，只有我一个人在其中游荡。

此后，每天下午，只要有时间，我就会悄悄溜到五一大楼前，戴着帽子和口罩，躲在暗处，观察着康西琳的一举一动。我不相信一个人可以一直装下去。

她每天都在老地方卖烙饼，顾客时多时少，她很有耐心的样子，总是笑脸迎人，裹着那件黑色羽绒服，戴着两只白套袖，麻利地给顾客称饼，不时拿出护手霜，给两只手都抹上，又放在鼻子下面闻一闻。如果有人带着小孩子，她就一定要张牙舞爪地逗逗那小孩，揪揪小孩的耳朵，或拍拍人家的屁股，然后独自站在那里哈哈大笑，顾客走出很远了，她还会想一次笑一次，每次都笑得前仰后合。没有顾客的时候，她就拿出一本书来看，有时候还趴在手推车上做些摘抄。有人好奇她看什么书，她就很高兴地给人家讲解半天。在很无聊的时候，她也会凑过去烤烤火，和其他小贩一起吹牛谈笑。听不清他们说了什么，总是见她在人群里大笑，一边笑一边使劲捶着对方的肩膀。

她男朋友过来接她的时候，她远远就会冲过去，抱住他的胳膊，恨不得长到他身上，又是笑又是撒娇，有时候她男朋友会从口袋里掏出一个苹果或一个面包，她就迫不及待地咬一口，再递过去让她男朋友也咬一口。收摊之后，两个人一起推着手推车，在夕阳里慢慢远去。

有一日，天色一直阴沉着，到黄昏的时

候，天空里终于飘起了薄雪。我批改完一摞作业，站在窗前看了一会儿雪，然后穿上大衣戴上围巾，出了办公室，向五一大楼走去。雪越下越大，走到五一大楼前的时候，地上已经有了厚厚一层积雪，大部分小贩都提前撤了摊，地上空旷萧索，木柴黑色的灰烬已被白雪盖住，仍然冒着袅袅青烟，像一片劫后余生的废墟。

然后，我看到，康西琳孤零零地站在老地方，手推车在她身后。我站在一棵叶子落光的大杨树后面，静静地看着她。她手里捧着手机，手机里放的好像是一段梆子戏。她闭着眼睛，面孔仰起接着雪花，很陶醉地听着。听着听着，她随着梆子戏的节奏开始手舞足蹈，她踩着碎步不停转着圈，两只手模仿着戏里的水袖，眼睛仍然闭着。她在漫天的大雪中，闭着眼睛微笑着，张开两只手接着雪花。

七

冬至的晚上，梁爱华又给我打电话，叫我去她家吃饺子。我能体会到一个单身女人每逢节日的恐惧，便提前给丈夫和女儿包好了饺子，我不愿意让任何东西破坏了我目前这点稳妥，就像一个穷人绝不肯轻易动用自己保底的一点积蓄。把饺子摆在厨房里，我才穿上羽绒服，围上围巾，向梁爱华家里走去。

冬日的小煤城枯瘦灰败，满目都是灰色和黑色，偶尔有一场雪点缀一下，则是满目嶙峋的黑白。煤矿开采年限即将到来的说法仍然像幽灵一样，飞翔在小煤城上空。我有时候在街上走着走着，一抬头看见煤矿的大烟囱，就会忍不住产生一种幻觉，整个小煤城只不过是海上的一艘轮船，我是船上的乘客之一，我和所有的乘客一样，漂浮在海上，却无法知道，船将要驶向哪里，或者在哪一刻就会忽然翻掉。于是，所有的人都对这未知充满恐惧，又充满了奇怪的渴望。有时候我都能清楚地看见这种渴望，是血红色的。

到了梁爱华家一看，曲小红又是比我早到了，两个人正挽着袖子包饺子。我说，曲小红，看来你现在不忙啊。她用两只涂了眼影的巨大眼睛看了我一眼，嘴里只轻轻哼了一声。

饺子煮好了，热气腾腾地摆在桌上，整个屋子里立刻有了一种节日的氛围。梁爱华搓了搓手，说，咱们姐妹得喝点酒，过节嘛。我说，你倒是哪天不喝。她抱出一只大酒坛子，兴奋地说，这是我从汾酒厂买来的原浆酒，七十多度，好酒。我吓一跳，说，老梁，酒瘾越来越大了啊，你还不如直接喝酒精。她不以为然地说，这个度数的酒才是好酒，不要喝那些勾兑出来的低度酒，老姚，你也有事没事喝两杯，不要老是一本正经的样子，人活一世，草木一春，会享受点。我说，你死了，我还得帮你收尸呢，我还不敢死在你前面。

饺子吃了半盘，酒也喝了几盅，梁爱华抹了抹嘴，忽然说了一句，我去五一大楼了，在门口看见了康西琳。我和曲小红都没有吭声，屋里的空气忽然有些诡异，梁爱华见状又补充了一句，我也不是专门去的，就是在门口碰见的，她在那儿卖烙饼，我还问她买了点，饼做得不错。我和曲小红还是没说话，我慢慢夹了一个饺子，却放在自己盘子里半天没吃。梁爱华又倒了酒，我们三个碰了一下，都喝光了。高度酒在嗓子里燃烧着一直向下窜去，整个身体里都像着了火。我放下酒盅，漫不经心地说了一句，我也看见她了，我看她现在过得挺好。

梁爱华连忙点点头，我也看她过得挺好。

我自己给自己倒上酒，一口喝完，又说，是挺好。

梁爱华啧啧道，老姚，可以啊，被我培养出来了，这就对了，会享受一点嘛。什么时候把康西琳叫上，就在我家，我们四个人一起吃顿饭吧，就是不知道她愿不愿意。

我听见自己说，她肯定会来的，因为她现在过得挺好，过得挺好就没有理由不来，我从来没有见过比她过得更好的人。

梁爱华一拍桌子，说，现在过得好就好，大家一起喝酒，谁也不许再说以前的事。

这时候，一直一言不发的曲小红忽然抬起了头，她的红嘴唇在灯光下对我和梁爱华微笑着，我听见她轻描淡写地说了一句，那是装的，她怎么可能过得好。

我与她那双巨大的黑眼睛对视了几秒钟，然后我说，曲小红，那你觉得谁过得好？

她慢慢挑起了一只嘴角笑了笑，看着我说，你们知道我是什么意思。

半天没人再说话，周围的空气变得僵硬起来，梁爱华赶紧给三只酒盅都倒上酒，又忙着把自己囤的零食都搬了出来，嘴上不停地说，来，吃着，喝着。

为了不至于冷场，我们像三只仓鼠一样无聊地咀嚼起零食。梁爱华又独自喝了几盅酒，忽然眯起眼睛看着我说，老姚，你觉得这事奇怪不奇怪，你说康西琳为什么非要再回到这小地方呢？她在这里无亲无故的，又没有房子，上次我问过她，她说现在和她男朋友租了个房子。我说，你们打算结婚吗？她说，能在一起就好，结婚有什么用。你说要是想卖烙饼赚点小钱，既然有手艺，在哪不能卖？为什么非要回这里来卖？这小地方有什么？

　　我机械地往嘴里塞了一块薯片，咔嚓咔嚓磨碎了，并不想说话。曲小红的声音忽然从旁边刺了过来，我去五一大楼买衣服的时候也看见她了，她回来就是为了给我们看的，这女人……专门让人看她卖烙饼。

　　梁爱华冷笑一声，说，让我们看什么？你想多了吧，人家又不是穿金戴银地跑回来刺激你。

　　曲小红微微笑着，不再说话，只用两个指尖轻轻拈起一块薯片端详着。

　　我用力把半包薯片扔在桌上，又喝下去一盅酒，我开始感到轻微的眩晕，它让我觉得自己变得很轻盈很陌生。我看着另外两个人说，她现在真的过得挺好，她肯定不是做给别人看的，她现在的状态……是有些奇怪，但挺好，真的挺好。你们知道吗？她抄写了整本《尤利西斯》，她还每天晚上去汾河水库游泳，风雨无阻，不管刮风下雨下刀子，没有落下过一天。

我看见自己伸出一只指头，在另外两个人面前拼命摇晃着，没有落下一天，没有落下过一天啊。

曲小红笑了一声，慢条斯理地说，这天气去汾河水库游泳？你们也信？真是笑死我了。

梁爱华忽然一拍桌子，异常兴奋地说，今天不是过节吗？我们好久没在一起过过节了吧，那时候我们住在大宿舍的时候，一起过节一起抽烟喝酒，记得不？那时候多好玩。今天我们就一起过节，我们现在一起去汾河水库吧，看看康西琳到底是不是在水库里游泳。

我一愣，马上说，大冬天的，汾河水库都结冰了吧。

曲小红笑着说，放心吧，每天都有人去水库钓鱼，靠岸的一圈冰都被炸开了，一辆汽车都能开进去。

梁爱华使劲拍着手说，快走快走，我们都去汾河水库，今天过节嘛，就要有个过节的样子，人生一世，草木一春。

她俩看起来也都喝多了，浑身散发着一种灼人的兴奋，眼睛亮得邪气。我仿佛觉得我们又回到了二十年前的大宿舍，那个新年，窗外下着雪，我们在黑板上写着新年快乐，用彩纸裹了灯管，贴了窗花，然后我们四个人喝着啤酒，装模作样地抽着烟，在一种人造的兴奋中相互依偎着过了个新年。我觉得我也一定喝多了，因为我的话开始变多，开始想掉眼泪，我的脚步开始变得极其轻盈，随时都能飞起来。确实，我也想看一看在汾河水库里游泳的康西琳。我挥着手对另外两个人说，那我们出发。

于是我们三人把自己裹得严严实实的出发了。寒风从后面推着我们，使我们脚步踉跄，又走得极快，像是划着船前进一样。我们一边跌跌撞撞往前走，一边相互搀扶着大声说笑，还不时用手比画着什么，像三个溜出校门偷偷喝酒的女大学生。不时有行人回头看着我们，我们也毫不畏惧，反而更大声地说笑，有一种奇怪的荣耀感。

我们沿着汾河走着走着，就来到了那片墓地前，要去水库就必须经过这片墓地。我们三人不约而同地都停住了脚步。荒野里的月光分外澄澈，墓地看上去洒了一层薄薄的银霜，发着幽幽的冷光，看不清是不是有传说中的大雾，也看不清是不是有白衣人和白狐在其中穿行。我们在那里呆立了片刻，都有些犹豫，曲小红忽然冷笑一声，说，康西琳每晚一个人穿过这墓地去水库游泳，你们也信？

酒精在体内炙烤着我，我盯着曲小红的脸，笑着说，你又怎么知道她不在水库里游泳呢？曲小红干笑两声，说，好啊，去看看，那我们就往过走啊，站在这儿是什么意思？梁爱华晃着一米七五的个头蹿到前面说，我走前面，你们俩走后面，其实有什么好怕的呢？我这辈子没做过一件亏心事，没害过一个人，应该是鬼见了我害怕才对。

墓地里寂静极了，是那种年深日久一层一层积淀下来的寂静，已经长出了石头的纹理，坚硬冰凉，伸手就能摸到。大大小小的坟墓在月光下肃立着，静静地注视着我们，古老的墓碑苔痕斑驳，阴森森地躲在阴影里。月光亮得惊心动魄，夜晚好像变成了沙哑可怖的白天，墓地里流动着一层晶亮的水银，我们三个人蹑手蹑脚地往过走，生怕惊动了那些坟墓。地上是我们投下的长长的影子，像三个面目模糊的魂魄跟着我们。梁爱华声音打着战，说，怕什么？等我们死了都要来这里的。我和曲小红缩着脖子，都没吭声。

那片墓地我们走了很久很久才走完，以至于我怀疑我们是不是误闯进了另一个幽灵定居的世界里，再也回不去了。就在我越来越感到恐惧的时候，忽然发现坟墓开始渐渐稀少，走着走着，我们看到前面一大片干枯的芦苇在月光下闪着银光，那是汾河水库。我们连忙朝那片芦苇奔过去。

水库冻成了一面巨大的镜子，安静地躺在月光下，这么一眼望过去，无边无际的平静与浩荡，好像来到了天尽头。果然，白天来钓鱼的人把水库沿岸的冰面都炸开了，那些大大小小的冰窟窿里都沉着一轮月亮，亮晶晶的，一眼就能看清楚哪里是冰哪里是水。

西北风呼啸而过，一大片芦苇都弯下了腰，我看了看四周，旷野里看不到任何人影，寂静辽阔的冰湖上也没有任何人影。我们三人互相看了看，都没有说话，经冷风一吹，酒已经醒了大半。都不想就这么回去，于是，我带头，我们三人沿着水库继续往前走。

我们就这么踩着月光又走了一段路，穿

过那片芦苇荡，是一块开阔的水边空地，空地上只长着一棵孤零零的枯柳树。又往前走了几步，我猛地站住了，后面跟着的两个人也同时站住了。我相信她们一定也看见了，前面，就在水库的边上，站着一个人，是个女人。她好像正在那里做什么健身操，又像是在那里独自跳舞，我想还有一种可能是，她正在做游泳前的热身运动。总之动作看着有些诡异。我们仨屏住呼吸看着那个影子，她跳得很投入，丝毫没有感觉到我们的到来。我们静静地站立了片刻，又不约而同地向她走过去。

近了，更近了，在浩大雪白的月光下，我看清楚了，前面那个人影正是康西琳。那一瞬间，我有些喜悦，有些悲伤，还有些奇怪的如释重负，我快步向她走去，我还没有想好应该和她怎么打招呼。另外两个人就紧紧跟在我身后，在寒冷的冬夜里，我能清晰地听见她们沙沙的脚步声在逼近。康西琳也一定同时听到了这脚步声，她猛地停住，回过头来看着我们。我和她在月光下四目相对。

我还没有来得及看清她脸上的表情，也还来不及和她打声招呼的时候，就见她忽然做了一个让我猝不及防的动作，她只看了我们一眼，就一眼，然后整个人就轻盈敏捷地跳了起来，在月光下，她穿着衣服跳进了脚下的冰窟窿里。那冰窟窿里的一轮月亮迅速被搅碎了，化作无数片金色的羽毛。

月光下，整个冰面变成了磨砂的玻璃，依稀映出了无数条鱼儿的身影。即使站在岸上，我都能看到，有一个非人非鱼的黑色影子正在冰面下欢快地游来游去。